光文社文庫

傑作時代小説

黙（しじま）

介錯人別所龍玄始末

辻堂　魁（かい）

光　文　社

目次

北
鐘ヶ淵
千住大橋
荒川
豊島の渡し
隅田村
千住道
小塚原
隅田川
寺島村
三河島
田端
日暮里
谷中
駒込
日本堤
三ノ輪
金杉上町
今戸町
千駄木
下谷
吉原
鷲神社
山谷堀
今戸橋
小梅村
白山
東叡山寛永寺
浅草寺
東本願寺
根津権現
本郷
浅草花川戸町
幡随院
広徳寺
阿部川町
吾妻橋
小石川
園
伝通院
不忍池
無縁坂
新堀川
田原町
竹町の渡し
三間町
御徒町
並木町
駒形堂
菊坂臺町
下谷広小路
湯島天神
春日町
蔵前
北割下水
水戸徳川家
妻恋坂
森田町
石原町
牛込
御米蔵
神田川
神田明神
外神田
向柳原
天王町
牛込御門
小石川御門
水道橋
駿河台下
浅草橋
柳橋
御竹蔵
南割下水
昌平橋
筋違御門
和泉橋
柳原土手
両国広小路
本所
番町
田安御門
俎板橋
雉子橋御門
一ツ橋御門
神田橋御門
内神田
馬喰町
両国橋
回向院
元柳橋
竪川
清水御門
小伝馬町
牢屋敷
通旅籠町
本石町
常盤橋御門
日本橋
堺町
葺屋町
新大橋
小名木川
北町奉行所
室町
江戸城
永久橋
半蔵御門
江戸橋
呉服橋御門
仙台堀
深川
南茅場町
材木町
箱崎町
西之御丸
南町奉行所
鍛冶橋御門
京橋
組屋敷
八丁堀
永代橋
富岡八幡宮
霊岸島
桜田御門
永田町
石川島
数寄屋橋御門
越中島
西本願寺
日枝
新橋
築地
佃島
溜池
幸橋御門
汐留橋

妻恋坂

一

あの秋の日の、妻恋坂のおなつの姿を、別所龍玄は覚えていた。

湯島天神下同朋町より、武家屋敷地の往来を南へ数町すぎ、妻恋坂下の町家の角を西へ折れて少し行ったあたりから、道幅三間（約五・五メートル）に十三間（約二十四メートル）ほどの小坂が、妻恋町まで上っていた。

晩秋の空は、昼下がりの明るみを天上一杯に青々と張り廻らせ、その明るみの中へ、真綿の固まりを抛り出したような雲が、ぽかりぽかり、と浮かんでいた。

「すずろ歩きによい天気だ。龍玄、出かけるぞ。おいで」

父親の勝吉に、声をかけられた。

龍玄は七歳で、すずろ歩きとは何をするのか、知らなかった。ただ、天気のいいこんな日に、父親とどこかへ出かけるのは楽しそうだったから、勝吉のあとを急いでついて行った。

母親の静江が勝吉の飲酒を気にかけ、中の口の上がり端で、龍玄を従えて出かける夫を見送りつつ、大きな背中へ投げた。

「明るいうちから、あまりお召し上がりになりませんように。身体に障りますよ。子供がいるのですから、ほどほどになさいませ」

「心得ておる」

勝吉は面倒そうな生返事をかえし、つつじと木犀の灌木に沿って踏み石を並べた玄関先の前庭へ廻り、瓦葺の引違いの木戸門をくぐった。

父親の勝吉は酒好きだった。一昨年の春に亡くなった爺さまも大酒呑みだった。爺さまと父親はそろって五尺八寸（約百七十六センチ）余の背丈があって、二人の大男が、そのころ住んでいた湯島妻恋町の店の台所の板間で、美味そうに酒を酌み交わしている様子を、あれから長い年月がたった今でも思い出せる。

酒を呑むと、爺さまと父親はとても愉快になった。四、五歳ごろの幼い龍玄は、酒は呑めなくても、爺さまと父親の酒盛りに加わっているのが楽しかった。何が愉快なのかわからなくても、愉快な気分は伝わってきた。

湯島界隈の酒亭や茶屋でも、爺さまと父親の酒呑みは知られていた。湯島界隈には二人のゆきつけが何軒かあった。二人そろって、ときにはひとりでゆきつけの軒をくぐると、顔見知りから、弥五郎さん、勝吉さん、一緒に呑もうと、大抵お誘いがかかって、みなでわいわいと賑やかな酒盛りになるのだと、つけの勘定にきた酒亭の亭主が、母親の静江に面白おかしく話して聞かせるのを、静江は苦笑を愛想笑いに誤魔化して聞いていた。

弥五郎とは、爺さまの名である。

だが、爺さまは、龍玄が五歳の明和九年（一七七二）の春、卒中で倒れた。爺さまが倒れたときに呼ばれた湯島一丁目の蘭医が、

「呑みすぎだ。むずかしい」

と、沈鬱に言った。

そのとおり、爺さまは意識の戻らぬまま、冬が舞い戻ったような春の初めの寒い夕方に亡くなった。

勝吉と静江、孫の龍玄のほか、妻恋町の近所の住人が集まって、爺さまの臨終を見とった。爺さまは、凄まじい鼾をかいたあと静かになって、龍玄が三回か

四回、呼吸をする間に一度、苦し気に引きこむような息をした。爺さまの息と息の間がだんだん間遠になり、やがて爺さまは息をしなくなった。集まった住人のすすり泣きと、勝吉の童子のような嗚咽が、宵の迫ったうす暗く冷やかな店に、静江が行灯の明かりを灯すまで聞こえていた。

龍玄はそのとき、人はそんなふうに息をしなくなって亡くなるのだと知って、何かとても不思議な謎が解けたように感じた。

秋がきて、親子三人は、湯島の妻恋町から本郷通り下の、無縁坂講安寺門前の住居に引っ越した。その冬の十一月、明和が安永元年になった年である。

爺さまの弥五郎が卒中で倒れたのは、明らかに酒の呑みすぎだった。静江は、爺さまと同じような大酒呑みの夫の身を気遣った。

爺さまがいなくなって、勝吉は外で呑む機会が増えていた。希には昼下がりに出かけ、馴染みの多い湯島界隈のそば屋か酒亭、池之端の茶屋の茶汲み女相手に、やはり愉快な酒を楽しんで、日が落ちてから上機嫌で帰ってくることもあった。静江が勝吉の身を幾ら案じても、

「心配にはおよばぬ。そなたの亭主は、ほらこのとおり、健やかじゃ」

とおどけて見せ、意に介さなかった。

龍玄が勝吉とすずろ歩きについて出かけたあの秋の日は、爺さまの弥五郎が亡くなって二年半余、講安寺門前の店に引っ越して、およそ二年がすぎたころだった。

静江は、勝吉がどこかでまた寄り道をして、当人が言うほんのひと舐めしただけの酒の臭いをぷんぷんさせて戻ってくるものと、思ったのに違いなかった。ただ、普段はひとりで出かけるのに、あの日に限って龍玄を連れて行くのが、意外だったかもしれない。大男の父親とその後ろについて行く小柄な倅の親子連れの頰笑ましさが勝って、

「ほどほどに」

と、いう以上に口うるさく念を押さなかった。

勝吉と龍玄は、講安寺門前の小路を無縁坂に出た。無縁坂から、秋色の濃い不忍池が、坂下の茅町の家並の向こうに見下ろせた。池中に浮かぶ弁財天の赤い屋根が、昼下がりの陽射しに照らされて映え、寛永寺の甍を覆う御山の樹林にも、紅葉や黄葉の艶やかな色づきが始まっていた。

無縁坂を茅町へくだり、茅町の往来を南の切通町へ曲がった。

勝吉は、苔色の小袖と朽木縞の半袴を着け、紺足袋に草履の歩みはゆるやか

だった。一歩ごとの踏み出しのたび、懐手をした苔色の袖がひらひらとそよぎ、腰に帯びたごつい黒鞘の大小がわずかに上下し、壁のように大きな背中と広い肩が、のどかな晩秋の風を切っていた。

もっとも、勝吉の歩みはゆるやかながら、歩幅はとても大きく、七歳の龍玄は懸命について行かなければならなかった。勝吉はとき折り龍玄へ見かえり、龍玄が息をはずませてちゃんとついてきているのを確かめると、いたか、と目を細めて頷いて見せるけれど、倅の歩みに合わせる気遣いはしなかった。勝吉が龍玄と出かけるときはいつも、遅れずについてこいよ、というような素っ気なさで、倅の手をとってやるなど、そんな照れ臭いことは一切しなかった。

龍玄は、物心がつき始めたころから父親とはそうしたものだと思っていたから、ゆくあてを承知しているかのように、切通町、湯島天神下同朋町とすぎて行く、あの日の勝吉の背中を訝しく感じなかった。

ところが、小普請手代の組屋敷地の往来をとって、妻恋坂下の町家の角を妻恋町のほうへ折れたときは、なんだ、と少しがっかりした。界隈の武家屋敷の組合辻番の前を通って妻恋坂を上れば、二年前まで住んでいた妻恋町だった。

湯島天神を中心に、湯島から本郷は、表通りも裏路地も、龍玄の馴染みの界隈だった。町内の子供らはみんな知っているし、表店や裏店のおじさんおばさん、お兄さんお姉さんらも、みな顔馴染みだった。

勝吉に、出かけるぞ、と声をかけられ、内心では、下谷の広小路か、もしかしたら浅草の広小路あたりまで行くかもな、とちょっと胸が躍った。すずろ歩きのゆくあてが妻恋町なら、龍玄ひとりでもこられた。

妻恋坂中腹の右手に、三十段ほどの高い石段を上る妻恋稲荷がある。その手前より、稲荷の石垣沿いに妻恋坂から分かれる路地のような立爪坂が、三組町の御駕籠町へ上っていた。芥坂とも呼ばれていて、坂の崖下が芥捨て場になっていた。

勝吉は、妻恋坂の途中を芥坂へ折れるとき、龍玄ではなく坂の上を見やり、呟くような口ぶりで言った。

「ここだ」

坂上の御駕籠町の角に、《おなつの店》が晩秋の青い空を背に見えていた。縄暖簾も赤提灯も吊るされておらず、表戸の腰高障子の半ばまで板戸が閉ててあった。低い軒庇の屋根瓦が数枚はずれかかって歪んでいて、妻恋町に住んでいた二年前とはだいぶ違う、ずいぶん寂れた佇まいに感じられた。

懐手の勝吉は、筋張った両手を袖から出して、総髪に結った髷に指先をあて、少し整える仕種をした。そして、龍玄を一顧もせず、大きな背中に重苦しそうな沈黙を背負って、芥坂を上って行った。

それは、小さな酒亭だった。ご夫婦で営んでいる、大人がお酒を呑むところですよ、と母親に聞いていた。ほっそりした身体つきの、子供心にも、色白の綺麗な、と思う女将がいた。手拭を女かぶりに襷がけをして、軒庇に縄暖簾や赤提灯を下げているところを見かけたり、湯島天神参道の表店で、赤ん坊を負ぶって買い物をしているところに行き合ったりしたことが、希にあった。女将は龍玄に気づくと、白い顔を優しげに頰笑ませ、

「坊ちゃん、こんにちは」

と声をかけてきた。

龍玄は気恥ずかしくて目をそらし、こんにちは、と小さくかえすのが精一杯だった。

酒亭は、町内では、《おなつの店》で通っていた。それで、あの綺麗な女将がおなつという名前で、負ぶっていた赤ん坊が十之助というのも、なんとなくわかった。

だが、おなつの亭主の名前は知らなかった。前は博奕打ちのやくざで、小伝馬

町の牢屋敷に世話になったことのある入墨者だと、噂を聞いたのは、龍玄が四歳ごろだった。小伝馬町の牢屋敷に世話になった入墨者がどういう者か、曖昧で不確かながら、四歳なりの分別で、おなつとおなつの負ぶっていた赤ん坊を可哀想に思った覚えがある。

爺さまが亡くなり、無縁坂の講安寺門前へ越すまでの夏のある日、妻恋坂でおなつと亭主に行き合ったことがあった。龍玄が妻恋坂の中腹まで上ったところ、芥坂を妻恋坂へ下りてきたおなつと亭主にちょうど出くわした。蟬の音が、夏の陽射しの中にちりちりと沁みこんでいた。

おなつの店が御駕籠町で客商売を始めて、すでに二年以上がたっていたのに、龍玄が亭主を見かけたのは、そのときが初めてだった。千筋の着流しに角帯の痩せた背の高い男で、月代をうすく伸ばし、不機嫌そうな顔つきに見えた。けれど、亭主は倅の十之助を筋張った腕に抱きかかえ、不機嫌そうな顔が、十之助には唇を歪めて笑いかけていた。

「坊ちゃん、こんにちは」

おなつに言われて、こんにちは、と龍玄は蚊の鳴くような声でかえし、きまりが悪くて、急いで坂を駆け上がって行った。すると、後ろのほうで亭主とおなつの話し声が聞こえた。

「どこの子だい」

「別所さんとこの坊ちゃんよ。ご隠居さんがこの春に亡くなられた」

「ああ、牢屋敷の……」

と聞こえ、龍玄は自分の胸の裡を亭主に見透かされたような気がした。

「父上、おなつさんの店に行くんですか」

龍玄は芥坂を上りながら、勝吉の背中に訊ねた。そうとしか思えず、なぜおなつの店なんだろうと、幼い龍玄にも何がなし気になった。

「うん？　ふむ」

あのとき、重たそうな沈黙を背負った勝吉の背中は、沈黙の殻を破るのをはばかるかのようにうめいただけで、龍玄に答える言葉はなかった。

御駕籠町の小路に出ると、勝吉は小路の角の、おなつの店の気配をうかがった。昼下がりののどかな日和なのに、板戸を腰高障子の半ばまで閉てた店は、陰鬱なよそよそしさに沈んでいた。半町ほど離れた湯島天神の参道に人通りはあったが、御駕籠町の小路は、勝吉と龍玄のほかに人影はなかった。

勝吉は低い軒庇に頭をぶつけぬよう背を丸めて、おなつの店の腰高障子を遠慮がちに五、六寸ほど引き、戸の隙間からこぼれ出た暗がりへ声をかけた。

「ごめん。おなつさんはいるかい」

龍玄は勝吉の朽木縞の半袴の後ろから顔を出して、暗がりをのぞいた。暗がりの先は、よく見えなかったし、返事もなかった。勝吉はさらに腰高障子を引き、もう少し声を大きくして、「おなつさん」と呼びかけた。

小路の明るみが、狭い間口から土間の奥の暗がりへ、手探(てさぐ)りをするように射(さ)した。土間には花茣蓙(はなござ)を敷いた長腰掛が手前に一台、奥に一台、縦に並んでいて、土間の片側は、ひとりが胡坐(あぐら)をかけるぐらいの小上がりになっていた。

龍玄がおなつの店の中をのぞいたのは、初めてだった。まるで、土蔵(どぞう)の通路のような店だった。こんな奇妙なうす暗いところだったのかと思い、胸がどきどきと音をたてた。

ほどなく、うす暗い土間の奥に、おなつの青白い顔がぼうっと浮かんだ。おなつは少し驚いた様子で、戸口の勝吉と半袴の後ろの龍玄を見て、愁(うれ)いに曇った笑みを寄こした。

「別所さん、おいでなさい。お久しぶりでございます」

三つか四つぐらいの十之助が、おなつの紺地に十字絣の身頃に手を添えて、龍玄たちへ吃驚した丸い目を向けていた。おなつは十之助の手をとり、土間の明るみへ数歩進み、

「坊ちゃんもご一緒に……」

と、龍玄へ潤みをおびた寂しそうな目を寄こした。

「おなつさん、少々よろしいか」

勝吉は、背中を丸めて戸口をくぐった。龍玄も父親に続いて、土間に這入った。

「別所さん、ごめんなさいね。ご存じとは思いますが、もう店は閉じましてね。なんの用意もしていないんですよ」

「呑みにきたのではありません。ご亭主のことで、おなつさんにお伝えしたい、いや、お伝えせねばならぬ子細が、わたしのほうにいささかありましてな。こみ入った話ではありません。すぐに終ります。少しばかり、ときをいただけませんか」

「うちの人の……」

「はい」

と、勝吉は大きく首肯した。

おなつは眉をひそめ、不審をにじませ勝吉を見つめた。だが、物思わしげな吐息をもらして言った。

「そうですか。なら、残り物しかございませんが、よろしければどうぞ」

おなつは、勝吉に小上がりの座を勧めた。

「坊ちゃん、十之助にお餅を焼いて食べさせるところだったんですよ。坊ちゃんも、いかがですか」

龍玄は勝吉を見上げ、勝吉は頷いた。

「はい。いただきます」

「しっかりしたご返事ができて。お武家さんの坊ちゃんは、やっぱり違います。妻恋町を越されて、もう二年ですものね」

おなつの顔に、二年前まで妻恋町に住んでいたときに見た懐かしい笑顔が戻った。店の東側の、板戸を閉じていた窓を引き開け、昼下がりの白い光と、やわらかな冷たいそよ風を入れた。

窓の外は草むらに覆われた崖になっていて、崖下にさっき通った小普請手代組屋敷の瓦屋根が並んでいた。神田明神下の武家屋敷地と下谷の町家、神田川の流れと外神田の家並、ずっと先の御徒町、森のような木々に覆われた大名屋敷、さらにずっとずっと彼方の、浅草お蔵の微渺な町影までが、真綿の固まりを抛り投げたような雲が、ぽかりぽかり、と浮かぶ広大な天空の下に一望できた。番所の物見の梯子が、町家の屋根屋根のあちこちに散らばり、黒いごま粒のような鳥影の舞う武家屋敷地の櫓も、高い青空を突いていた。

「おお、今日は一段と眺めがいい」

黒鞘の大刀をはずし、小上がりに端座した勝吉が、おなつの開けた窓ごしの景色に見惚れた。

「こんなところですけれど、ここから見える景色が気に入って、うちの人とここにしようって、決めたんです。朝日が上ったら、うっとりするくらい綺麗なんですよ。でも、もうお仕舞いです。十之助、ここにかけて坊ちゃんと待っていなさい」

おなつは言い残して、土間の奥の暗がりへ姿を隠した。

龍玄は、ふと、おなつの言葉に不審を覚えたが、そのときは深く考えなかった。ほどなく、甘いたれをつけた香ばしい焼餅と、うすく湯気の上る湯飲み茶碗が出た。龍玄と十之助は、花茣蓙を敷いた長腰掛に並んでかけ、箸をとった。

十之助は箸をようやく使えるようになったばかりで、口の周りがたれだらけになった。それでも焼餅が好物なのか、口の周りのたれを舐めながら、箸をどうにか使って食べた。龍玄と目を合わせると、ふ、と食べるのが嬉しそうに笑った。二人は焼餅を食べ終え、湯飲み茶碗の茶を、ふうふう吹きながら、少しずつ飲んだ。

勝吉とおなつは、龍玄と十之助の長腰掛から離れた小上がりの奥のほうに、おなつが調えた膳を挟み、向き合っていた。

勝吉は龍玄に背中を向けて端座し、おなつは徳利に両手の細い指をからめて胸のあたりに持って、顔を伏せていた。途ぎれ途ぎれに、小声が聞こえていた。しかし、聞こえるのは勝吉の声ばかりで、おなつはずっと沈黙を守っていた。

勝吉が何を話しているのかはわからなかった。けれど、おなつの姿は、戸惑い途方にくれて、悲しげに見えた。龍玄は、父上の話の所為なのかな、いやだな、と思った。十之助も母親の様子を心配して、龍玄より小さな身体をそわつかせた。

龍玄は十之助に話しかけた。

「十之助さん、今日は父ちゃんがいないね。お出かけかい」

「父ちゃんは用があって旅に出てるのさ。しばらく帰ってこねえんだ」

十之助は龍玄へ向きなおり、たどたどしく答えた。

「そうなのか。父ちゃんがいないと、寂しくないかい」

「母ちゃんがいるから、平気さ。寂しくなんかねえよ。父ちゃんは酒に酔うとおっかねえし。酒を呑まなきゃ、優しいんだけどね。でも、母ちゃんが優しいからいいんだ」

「そうだね。優しそうなおばさんだね」

十之助はうんと頷き、またおなつの様子を見やって気にかけた。

「十之助さん、歳は幾つ」

「おれかい。おれは四つだ。凄いだろう」

と、短い四本の指を得意そうにたてて龍玄に見せた。

「坊っちゃんは」

「わたしは七つだよ。三つ年上だね」

「三つ？」

十之助は、四本の指をたてても数の仕組みはわかっていないようで、たてた指をもぞもぞさせ、不思議そうな顔をした。

「外で遊ぼうか」

龍玄は十之助を誘った。

「行こう行こう」

二人が立ち上がったので、勝吉がふりかえり、おなつは伏せた顔を上げた。

「父上、十之助さんと外で遊んできます」

「龍玄、遠くに行ってはならんぞ」

勝吉はにこりともせずに言った。

「はい」

龍玄の大人びた言葉遣いに、おなつはほのかな笑みを浮かべた。その笑みが小さく頷いたので、龍玄はちょっと安心した。

十之助が先に飛び出し、龍玄が追いかけて芥坂を妻恋坂へ走りくだった。龍玄は十之助を追いこさないように駆けた。二人は、妻恋坂を坂下の組合辻番の前まで一気に駆け下り、息をはずませた。

「どうだい。速いだろう」

「うん、すごく速いね」

「今度は妻恋稲荷まで、駆け競べだ」

と、またすぐに走り出した。「でえこ、でえこ……」の売り声を響かせ、両天秤の野菜売りが妻恋坂をくだってきた。十之助は、野菜売りを巧みによけて坂を駆け上がって行き、妻恋稲荷へ上る三十段の石段を俊敏に跳ねた。妻恋稲荷の鳥居を先にくぐって、少し遅れた龍玄へ甲高い喚声を投げた。

「勝った勝った」

「十之助さんに敵わないよ」

龍玄が言うと、

「そうかい。でもさ、父ちゃんのほうがおれよりずっとずっと速いんだぜ。父ちゃんには全然敵わねえんだ」

と、父親が自慢げだった。

「相撲だって、父ちゃんは強いんだぜ。おれは父ちゃんに転がされてばかりなんだ。龍玄さん、相撲をとろう。父ちゃんには敵わねえが、龍玄さんには負けねえぜ。本気でやるから、龍玄さんも本気でかかってくるんだよ」

妻恋稲荷の宮は、一間半四方ほどの土蔵造りだった。宮の前に小さな朱の鳥居があって、何本もたてた幟が、まだ昼下がりの高い日に鮮やかに映えていた。

龍玄と十之助は、すだ椎や楢の木陰になった境内の一角で相撲をとった。龍玄は袴の股立ちを膝頭までとり、十之助は着物を尻端折りにした。十之助は龍玄より小さく痩せていて、力は強くなかった。龍玄と組み合い、強引に技をかけて、龍玄を転がそうとした。龍玄は、相撲でも力を加減して、勝ったり負けたりした。何番もとってたっぷり汗をかき、すだ椎の高木の根元に坐って休んだ。境内の木陰は冷たいぐらい涼しく、汗はすぐに引いた。木々の間であおじが、ちっち、ちっち、と盛んに鳴いていた。

「龍玄さん、着物が汚れたね。きっと、母ちゃんに叱られるぜ」

十之助は、龍玄を相撲で何度も転がしたのが得意そうに言ったが、龍玄の着物の汚れを気にかけて掌で叩いた。

「ありがとう。でも大丈夫だよ。母上はそんなことで叱らないもの」

「そうだな。おれの母ちゃんも叱らないよ。けど、父ちゃんに叱られたら、おっかねえんだ。打っ飛ばされるからさ。龍玄さんもでかい父ちゃんに、打っ飛ばされるのかい」

「父上にだって、打たれたことはないよ」

「え、龍玄さんの父ちゃんは打たないのかい」

「打たないよ」

十之助は、訝って首をかしげた。龍玄の着物を叩くのをやめ、凝っと考えこんだ。

そのとき、話し声と数人の足音が稲荷の石段を上ってきた。境内に姿を見せたのは、妻恋町にいたころ、湯島天神で時どき遊んだ年上の、吉次と忠太と助蔵の三人だった。三人は、境内の一角の木陰に龍玄と十之助を見つけ、何か言い合ってから、そばへ近づいてきた。木の根元に坐った龍玄と十之助を見下ろし、にやにやした。

十之助は少し怯え、三人のにやにや笑いから目をそらして、龍玄のそばへすり寄った。

吉次が龍玄へ言った。

「よう、龍玄。遊びにきたのか」

「違うよ。十之助さんの母ちゃんに、父上の用があってきたんだ。おなつさんに大事なことを伝えなければならない用なんだ」

「おなつさん？」

と、吉次は十之助へ目を向けた。

「ふうん。首打役のおっかねえ父ちゃんが、おなつの店にいるのか」

「うん。今、おなつさんと話をしているよ。父上の用が済むまで、ここで十之助さんと遊んでたんだ。用が済んだら帰る。吉次さん、父上はおっかなくないよ」

「はは、父上だってさ。すかしやがって。本物の侍の子みてえじゃねえか」

と、忠太が投げつけるように笑った。

龍玄は黙っていた。七歳になって、からかわれるのは慣れた。もう気にならなかった。

「龍玄、このごろ、湯島天神に遊びにこねえな。なんでこねえんだ」

助蔵が言った。龍玄は首をひねり、

「なんでって、うちから遠いし……」

と言いかけて、ふと、なぜだろうと自分でも訝しく思った。

湯島天神の境内は、湯島の町家やその界隈の子供らの遊び場だった。四歳の春の初めごろから五歳の夏にかけて、龍玄は毎日のように湯島天神に出かけ、界隈の子供らと遊んだ。湯島天神に行けば、必ず界隈の子供の誰かがいたし、誰もいなくてもすぐに集まってきて、境内のあちこちで遊びの輪ができた。ときには、男の子も女の子も、年上の子も年下の子も、武家の子も町家の子も、みなで一緒に遊ぶこともあった。ざあざあと雨の降る日とか、天神の祭日とか、父親や母親に連れられて出かける日とか以外は、欠かさず湯島天神の境内へ行った。あのころは湯島天神の境内で遊ぶのが、楽しくてならなかった。

なのに、今ではどうして楽しくなくなったのか、龍玄にはわからない。

一昨年の春、爺さまが亡くなった。それからだんだん湯島天神へは行かなくなった。その年の夏がすぎ秋になって、無縁坂の講安寺門前の店へ引っ越した。無縁坂に越してから、はや二年がたっていたが、龍玄はもうずうっと、湯島天神へは行っていない。行きたいとも思わなかった。

なんでなのか、上手く言えない。

すると、不意に吉次が十之助に言った。

「十之助、おめえ、いつ越すんだ。次はどこへ行くかわかってんのか」

「えっ」

と、十之助は啞然として吉次を見上げた。吉次の言った意味が呑みこめないらしく、なんのことだい、と逆に問うような素ぶりで三人を見廻した。

「おめえが、どこの誰の世話になるのかって、訊いてんだよ」

忠太が嘲りをこめて言った。

十之助は何を言っていいのかわからず、戸惑っていた。目をぱちくりさせて三人を見上げ、小さく細い肩を震わせた。

「ちぇ、こいつ何もわかってねえぜ。馬鹿だな。相手にしてられねえや。つまんねえから、行こうぜ」

「龍玄、おめえもこねえか。ここにいたら、十之助の馬鹿がうつるぜ」

「父上と帰るから、いい」

龍玄が言うと、三人はまたにやにや笑いをして、互いに顔を見合わせた。

「やっぱりな。こいつら、ちょっとまともじゃねえし。行こう行こう」

吉次が促し、三人は龍玄と十之助を残して戻って行った。稲荷の石段をくだるとき、

「龍玄、おめえとはもう遊んでやらねえからな」

と、忠太が意地悪く投げかけた。

三人がいなくなって、境内にまた冷やかな静けさが戻り、あおじの鳴き声が聞こえた。

十之助は怒ったように唇を尖らせ、凝っと俯いていた。黙りこんで、枯葉の散らばっている地面の一点を睨んでいた。いつ引っ越すんだと、吉次に言われたが、十之助は何も知らない様子だった。何も知らない様子が、ちょっと可哀想だった。

「十之助さん、戻ろう」

龍玄は立ち上がり、袴の股立ちを戻して汚れを払った。しぶしぶ立ち上がった十之助の、着物の尻端折りもはずしてやり、土や塵を払った。龍玄が先に行き、十之助は遅れがちについてきた。妻恋稲荷の石段をくだり、妻恋坂の中腹を芥坂へ分かれた。十之助は、龍玄の後ろをとぼとぼと上ってくる。

坂の上の《おなつの店》の、板戸を半ば閉てた腰高障子に、西日と軒の影が射していた。

先に御駕籠町の小路に出た龍玄は、《おなつの店》の片引きの腰高障子を引いた。最初に、勝吉の小上がりに端座した大きな背中が見え、それから、膳を挟んだおなつが小上がりに俯せ、顔を覆っているのを認めた。おなつは声を抑え、忍び泣いていた。勝吉は石像のように動かず、おなつを凝っと見下ろしていた。

あっ、と声が出た。おなつの姿に、龍玄は胸を衝かれた。

勝吉がふりかえり、戸口の龍玄へむずかしそうな一瞥をくれた。龍玄は、どうしていいのかわからなかった。ただ、勝吉と目を合わせたあのとき、十之助におなつの泣く姿を見せてはいけないと思った。十之助がもっと可哀想だった。龍玄は引き戸を閉じ、芥坂を上ってきた十之助の手をとった。

「十之助さん、もう一度駆け競べをしよう。おいで。行こう」

十之助は、怒りを堪えているかのように眉をひそめて黙って首を横にふった。

「やろうよ。今度こそ負けないからね。今度は坂の上までだよ。おいでったら」

龍玄は、十之助の手を無理やり引いた。十之助はいやいやついてきた。

四半刻（約三十分）後、勝吉と龍玄は妻恋坂をくだった。

おなつと十之助は、芥坂に分かれる妻恋坂の中腹で、勝吉と龍玄を見送った。

秋の空は青みを十分湛えながら、日は西にだいぶ傾いて、おぼろに橙色をおび始めた光が、妻恋坂に降っていた。半幅帯を締めたおなつの紺地に十字絣が、その光に寂しく映えて、白い顔にも、かすかな炎のゆらめきのような朱が射していた。おなつは十之助の手をとって凝っと佇み、十之助は、龍玄に一生懸命手をふっていた。

龍玄も妻恋坂へふりかえっては、おなつと十之助に手をふった。

ふと、おなつさんと十之助さんはどこへ越すのだろう、と龍玄は心配になった。

坂下の組合辻番の前をすぎて、小普請手代の組屋敷の往来へ曲がりかけたとき、勝吉は立ち止まって、妻恋坂のおなつへふりかえった。

おなつは、膝に手を添え、立ち止まった勝吉へ、丁寧な辞儀を寄こした。十之助は龍玄へ手をふり続けていた。妻恋坂に射すおぼろな橙色の西日の下で、母親と四歳の倅の姿は、途方にくれ、ひどく心細げに、頼りなげに、そして悲しげに見えた。

二

それから、十六年の歳月がすぎた。

寛政二年（一七九〇）の春、浅草の北、橋場町の曹洞宗出山寺の慈栄という若い修行僧に、小伝馬町牢屋敷において、評定所の三手掛のお裁きが申しわたされた。

慈栄は、僧侶が収監される東牢揚屋の外鞘で、張番に獄衣の上から切縄をかけられ、春の明るみの残る中庭を通って、改番所へ引ったてられた。慈栄が入牢になったのは、寛政元年の霜月の下旬で、すでに二月余がたっていたため、修行僧であったころの剃髪はうなじまで髪がのびて乱れ、まだ年若い男のうすい髭が口の周りを烟るように覆っていた。

牢は、内鞘の縦格子と外鞘の縦格子に周りを囲まれているため、格子の三寸（約九センチ）間隔の隙間より、慈栄が中庭を引ったてられて行く途中、明るみの残る春の空へ顔を持ち上げ物思わしげに見廻した仕種を、囚人らは見ていた。

西の空の雲間は、宵の近づく春の血のような朱に染まっていた。囚人の中には、

「南無阿弥陀仏……」

と、掌を合わせて念仏を唱えた者もいた。

改番所には、鍵役のほか水桶などを提げた牢屋同心が四人、寺社奉行留役、黒羽織に白衣の牢屋見廻り同心、首打役の町奉行所同心が二人、ほかに《てんま》と呼ばれる牢屋敷雇いの人足らが五人いた。

鍵役が牢証文と引き合わせて、慈栄に間違いないことを確かめ、検使役人が死罪を申しわたす評定所の裁許の文言を、冷やかに読み上げた。

文言は、寛政元年十一月某日、曹洞宗明星山出山寺の僧慈栄は、同寺修行僧覚法と口論になり、口論が昂じて互いに拳を交わし合うほどの争いにおよんだ末、刃物によって覚法を殺害するにいたった。

出家の身にありながら人を殺し候こと不届き。仍て、死罪。

というものであった。

寺社奉行所検使役の淡々とした読み上げが終り、てんまが慈栄を囲んで改番所を出た。町奉行所同心や牢屋同心らがあとに従い、内塀の小門をくぐって、刑

場にいたる通路へ向かった。途中、慈栄は周りを囲んだてんまに舌を出して見せた。舌には銭が載せてあり、それは落とされた首を洗う代金だった。てんまは心得ていて、銭をつまんだ。

小伝馬町牢屋敷は、東角の一画に刑場がある。板葺きの検使場と、九尺（約二メートル七十センチ）四方の四角い血溜の土坑、空俵を敷いた切場である土壇場、さらには、試し斬りの様場があった。

刑場への通路の入口を、囚人らは地獄門と呼んでいた。慈栄は、地獄門のところで二枚重ねの半紙を二つに折って、折り目に細縄を通して後ろで結える目隠しをされた。

周りの景色が閉ざされた。固い沈黙の中で、同心らの雪駄がいやな音をたてて地面を擦った。夕焼け空は消え、見えるのは、歩みのたびに目隠しの下からわずかにのぞく自分の爪先だけだった。自分の汚れた跣の爪先が、この世の見納めになった。

慈栄は、最期の短いときを自分自身と向き合った。激しい怒りにわれを忘れ、気がついたら覚法を刺していた。不快な動悸が胸を打ったが、覚法に申しわけないと、一度も思わなかった。後悔もなかった。後悔するほど名残り惜しい生き方を、した覚えはなかった。

ただ、牢で暮らした最後のこの二月余、母ちゃんのことを毎晩思い出した。父ちゃんの顔は、どうしても思い出せなかった。母ちゃんは今どこで、何をしているんだろう。それが心残りだった。

やがて、「いくぜ」「よし」とてんまらが目配(めくば)せをした。慈栄の両肩と両腕、獄衣の後ろ襟(えり)と後ろ手の縄目を、三人の強い力につかまれた。押されるままに左へ曲がって、戸をくぐらされた。刑場に入ったようだった。後ろで木戸の閉じられる音が聞こえ、見えなくとも、周りに人の気配が増えたのが感じられた。それから右手のほうへ、ぐいぐいと押されて行った。

刑場に入ると、誰も言葉を発しなかった。一切のためらいを許さず、まるで駆け抜けるように、慈栄の身体を前へ前へと押し出して行った。だが、長くは進まなかった。いきなり両の爪先を左右からつかまれ、立っていられず跪(ひざまず)いたところに空俵が敷いてあった。てんまらは、跪いた慈栄の身体が前のめりに倒れこみそうなほど突き出し、獄衣を摺(ず)り下ろして両肩と背中を露(あら)わにした。慈栄の痩せた色白の肩と背中に、まだ早春の寒気が触れた。

と、慈栄のすぐそばに人が近づいてきた。首打役に違いなかった。

とうとうきたかい。誰だ、おまえ。

慈栄は思った。

首打役の草履が不気味に地面を擦った。身体が勝手に震えた。恐いのではなかった。むしろ、やっと終るのかと、晴れ晴れとした気分だった。静かだった。咳ひとつ聞こえなかった。すべてが息を殺し、そのときを待っていた。遠くの空を鳴きわたる烏の声が、静けさをかすかに、空しく破った。

ほどなく、本石町の時の鐘が捨て鐘を三度鳴らしたあと、夕六ツ（六時頃）のときを報せ始めた。夕六ツが打ち終ると同時に終る、痛くも苦しくもなんともねえ、と聞いていた。鐘の甲高い音が、さっき見上げた、宵の近づく春の血のような朱色の空へ響きわたっていくのが、慈栄に感じられた。

目隠しをされているのに、ぎゅっと目を瞑った。そして息をつめた。

四歳のときに離れ離れになった母ちゃんの顔を思い出した。母ちゃんの拵えた、甘だれをまぶした焼餅を思い出した。母ちゃんの焼餅を最後に食べたのはいつだったか。

そうだ、あれは……

「母ちゃん、堪忍」

慈栄は、念仏を唱えるように繰りかえした。

首打役が動いた途端、慈栄の毛の伸びた首が土坑の土にまみれて転がり、首から滴る血が、ひたひたと土坑の土に染みた。

てんまのひとりがすかさず土坑へ飛びこんで、慈栄の乱れた髪をつかんで、検使場の検使役へかざして見せた。

検使場は刑場西側の木戸わきにあって、検使役は南側奥の切場を、囚人の後方より検使する位置になっていた。囚獄石出帯刀、町奉行所の牢屋見廻り与力、寺社奉行所寺社役の検使役人、ほかに試し斬りの検使役が二人、ひとりがお試し刀の桐の箱を両腕に抱え、それぞれ麻裃を着用して立ち会っていた。

検使場と向き合う刑場の東側に、鍵役と当番の牢屋同心、牢屋見廻りと首打役の町奉行所同心、寺社奉行所留役が立ち並んで、その後ろの石塀ぎわには、二人のてんまが、これは土下座して神妙に控えていた。

囚獄石出帯刀ら、検使場の検使役が首を見届けて頷き、検使役らは、ひとまず、検使場の板塀ぎわにわたした腰掛にかけた。次の試し斬りの支度が調うまで、間があった。

一方、刑場南側の切場では、てんまらが土坑の傍らに慈栄の胴体を寝かせ、その先に、木偶のはずれた首のように、慈栄の首をちょこんとたてた。てんまらは、胴体の切縄を解き、獄衣をはがし始めた。東側の同心らの後ろに控えていたてんまらは、刑が執行されると、即座に切場へ走り、獄衣をはがされた下帯ひとつの胴体の手足をとって、切場から刑場北側の様場へ運んで行った。

北町奉行所平同心本条孝三郎は、東側の石塀に沿って牢屋同心や見廻り同心らと並んで、枝葉を垂らした数本の柳の下で、刑の執行を見届けた。本条は慈栄の首打役だが、奉行認知による首打役の手代わりをたてていた。てんまらが慈栄の胴体を様場へ運んで行くのを見送ると、手代わりへ目を戻した。

黒茶色の着物に襷をかけ、紺青の袴の股立ちをとった別所龍玄は、首打ちの介添えを務める二人の牢屋同心のひとりへ刀を差し出し、牢屋同心が半紙でその刀身の血糊をぬぐっていた。本条は龍玄と目を合わせたが、龍玄ははにかむような戸惑いを表情に浮かべ、本条の目をそらした。

四半刻後、刑場北側に設けた様場には、四灯の燭台が灯されていた。すでに夜空となり、刑場を覆う宵の暗がりが、様場の周りを隙間なくとり囲んでいた。春の日が落ちて、刑場は急に冷えこんできた。

様場は、縁台ほどの高さに土が盛ってあり、先刻同様、試し斬りの二人の検使役のほか、石出帯刀、寺社奉行所寺社役、牢屋見廻り与力が様場の横正面に並び、本条ら町方同心や牢屋同心、寺社奉行所留役も、検使役らの左右に分かれて立ち会っていた。

龍玄は、麻裃に着替えて、盛り土の傍らに、検使役らへ向いて蹲踞していた。五人のてんまは、盛り土の反対側に、少し離れてかがみ、龍玄の試し斬りが行われるのを待っていた。胴体は、盛り土の上に仰向けに載せられ、手足を竹にくくりつけ固定してある。それは痩せて、色あせた土器のようだった。首より血はすでに滴っていなかった。

やがて、龍玄が立ち上がって、どうぞ、というふうに検使役へ頷きかけた。検使役は桐箱からお試し刀をとり出し、龍玄へ差し出した。龍玄は一礼して、燭台のほの明かりに黒塗りの鞘が映えるお試し刀を両手で押し戴いた。腰に帯びると、盛り土の検使役と向き合う位置へ廻りこみ、肩衣を左右へゆすりつつはずして、盛り土へ進み立った。そして、静かに鞘をすべらせ抜刀した。

刃渡り二尺三寸（約七十センチ）余、柄は八寸（約二十四センチ）の長刀だった。艶やかな刀身に、燭台の炎が照り映えた。

右手の刀身の棟を胴体にあて、左手は盛り土にあてて、やや前かがみに胴体と正対する姿勢をとった。その立ち位置より、試し斬り検使役へ執刀を始める会釈を送った。検使役は、ただ息を呑み、身動きひとつかえさなかった。龍玄は、蟹型に身構えるごとくに両足を左右へ広げながら、お試し刀を頭上高く、背に背負うほど大上段へ差し上げた。大きくひと呼吸をし、五尺五寸（約百六十七センチ）足らずの痩軀が、雄大な滄浪のようにゆったりとうねった。

そのとき、声が再び聞こえた。

「母ちゃん、堪忍」

あの最期の声が、龍玄の脳裡をよぎった。声はくぐもり、かすれていた。だが、確かに聞こえ、念仏のように繰りかえしていた。それが、龍玄の腹の底へ沈んでいった。

沈黙が様場に凍りつき、気合が充ちた。大音声もなく、ひるがえる長刀がきらめいて、うなりを発し、燭台のほの明かりを両断した。右の腕からあばらの浮いた左胸にかけて、《大袈裟》にした。瞬時もおかず、痩せてくぼんだ《本胴》、次にほぞの上あたりの《間の車》を斬り分けた。龍玄は刀を引き戻し、盛り土の左右に片膝づきに控えているてんまらへ目配せを送った。てんまらは即座に、胴体の手と足をとって左右へ引き摺り、切口を検使役へ開いて見せた。検使役はそれに一瞥を投げ、恭しく龍玄に頷いた。

龍玄は、お試し刀を自ら半紙でぬぐい、鞘へ納めた。両手で捧げ持ち、検使役へ戻した。後日、お試し刀の斬れ味、善悪を書きつけにして鑑定の依頼主へ差し出す。

石出帯刀ら検使役や与力同心らは、刑場を離れて行き、てんまらが、斬り分けられた胴体と首を空俵に入れていた。それを裏門から運び出し、回向院へ運んで埋める。死罪になった慈栄に、弔いは許されなかった。

龍玄は、てんまらが亡骸を空俵に入れている作業を、ひとり残って見守った。

「別所さん、行かねえのかい」

刑場の木戸へ行きかけた本条孝三郎が、ひとり佇んでいる龍玄に呼びかけた。龍玄は本条へ見かえり、またはにかむような戸惑いをにじませた目を合わせた。戸惑いを隠して本条へ近づき、並びかけた。

「どうしたんだい。出家の首を刎ねて気が咎めるのかい」

本条が、物憂く沈黙する龍玄を、軽くからかった。二人は木戸をくぐり、夜の帳が下りて暗がりに閉ざされた通路をとった。両側に暗がりに染まった板塀が黒々と続いていた。板塀の片側には揚座敷と百姓牢があって、一方は米舂所や米蔵、賄所の一角だった。

静寂に押し包まれ、本条の雪駄がゆるい音をたてていた。

「気にすることはねえさ。慈栄は出家の身だが、日ごろから行状のよくねえ生臭坊主だったそうだ。気性が荒くて、同じ修行僧らとも喧嘩が絶えなかったし、修行にも熱心じゃなかったと聞いたぜ」

本条は、まっすぐ前を見つめる龍玄の横顔へ、目を向けた。暗がりを透かして鼻筋や口元の影しか見えなかったが、沈黙の重たさは感じられた。

「慈栄に刺された覚法は、慈栄より年下の十七歳だった。こっちは真面目に仏に仕える出家の身だったというから、気の毒な話じゃねえか。覚法が慈栄の生臭ぶりを見かねて戒めたのが、諍いのきっかけだ。出家の身とは言え、両者とも年若い修行僧だ。かっとなったら収まりがつかねえ。言い合いがつかみ合いになった。慈栄は覚法に敵わず、庫裏から出刃包丁を持ち出して、逃げる覚法を追い廻した挙句、滅多刺しにしたってわけだ。とり調べには殊勝に応じたし、揚屋では毎日経を読んですごしていた。まあ、観念して冥土へ旅だったんじゃねえか」

暗がりにすっぽりと包まれた龍玄の横顔が、小さく頷いたかのように見えた。

束の間をおいて龍玄は言った。

「六ツの鐘が鳴っているときでした。慈栄は声を殺し、繰りかえし詫びておりました。母ちゃん堪忍と、鐘の音の合間に、念仏を唱えているように聞こえました」

「母ちゃん堪忍と、念仏を唱えるようにかい。ふうん、坊さんでも、最期に思い出すのは、御仏じゃなく母親ってわけか。それが気になって手元が狂ったかい」

「いえ」

「だろうな。別所さんの執刀は相変わらず見事だったぜ」

本条が言うと、龍玄の横顔がまた小さく頷いた。

「年が明けて慈栄は二十歳になった。別所さんはおれより二つ下の、この春二十三歳だから、慈栄は別所さんより三つ年下だな。どういうきっかけで出家したのか、詳しい経緯は知らねえが、慈栄の生まれは湯島の妻恋町らしいぜ。三歳か四歳ごろ、妻恋町を越したんだってよ」

本条は、うす笑いを龍玄の横顔へ投げた。

「別所さんは、無縁坂に越す前は、妻恋町だったんだろう。無縁坂に越したのはいつだい」

「五歳の秋です」

「五歳か。なら、慈栄はまだよちよち歩きの赤ん坊だ。赤ん坊を顔見知りというわけにはいかねえが、母親の顔ぐらいは見覚えがあるんじゃねえか。別所さんの母上に聞いてみたらどうだい。案外、母上は慈栄の母ちゃんと顔見知りかもしれねえぜ」

本条は、どうでもよさそうに言った。

すると、龍玄は本条にではなく、目前の暗がりにこたえるかのように、

「顔見知り……」

と、ぽつねんと繰りかえしたのだった。

三

それは二月余前、去年の寛政元年十一月下旬の雨の午後だった。出山寺本堂において、若い修行僧らが教導(きょうどう)の師の下(もと)で教義を学んでいた折り、修行僧の慈栄と覚法が、言い争いを始めた。師が修行僧らに自修のときを設けて、座をはずしていたときだった。

慈栄は十九歳の、覚法は十七歳の、双方ともにまだ年若い修行僧で、言い争いのきっかけは、人は何ゆえ修行をするのかという、本覚と始覚の道心についてだった。

その午後、冷たい冬の雨が境内の木々を騒がせ、深々とした冷気が火の気のない本堂に染みわたり、修行僧らは厳しい寒さを堪えて自修に務めていた。慈栄も寒さを堪えて机に向かっていたが、身体のかすかな震えをどうにも抑えられなかった。

慈栄と机を隣り合わせていた覚法は、慈栄が隣で震えているのに気づき、苛だちを募らせていた。寒いのはみな同じである。寒いから震えるのは仕方ないというのであれば、修行にはならない。日々の修行は、艱難辛苦を乗り越え、菩提を求めるためにある。これしきの寒さに震えているのは、日々の修行をおろそかにしている所為だ。この人はなんのために修行をするのか、道心がわかっていない。慈栄には一度きっぱりと言って諭してやらねば、と覚法は以前より思っていた。

慈栄は十五歳のときに出家して出山寺に入門し、覚法が住持つきの幼童として出山寺の門をくぐったのは八歳のときだった。歳は慈栄が上でも、覚法は住持つきの幼童のころより住持の寵愛を受け、十七歳になっていたそのときもまだ、住持の覚えはめでたかった。そのため、若い修行僧ながら、覚法は山内では特別な目で見られていた。そういうこともあってか、覚法は日ごろより、年上の慈栄に対しては、何かと指図したり指示する素ぶりや言動が目だっていた。

覚法は、慈栄が寒さにだらしなく震えているのを、黙って見すごせなかった。こんなことを黙って見すごしていては、この人にとってもよくないと思った。声は落としていても、覚法は先輩の修行僧のように、

「慈栄さん、みなの自修の邪魔ですよ。静かにしなさい。これしきの寒さに震えるのは、みっともないですよ」

と、少々きつい語調でたしなめた。

覚法にいきなりたしなめられて、慈栄はうろたえた。

「は、はい」

小声でかえし、頭を垂れた。だが、ほんの少し寒さに震えていたことぐらい、といささか不快を覚えた。

堪えているから寒さに震えるのだ。わたしひとりではない。みな震えている。それが自修にどれほどの邪魔になるのかと思った。

ただ、慈栄は言いかえさず、深く呼吸をして震えを止め、再び自修に向かった。

そのときは、覚法の声に気づいたのは、周りの二、三の修行僧だけだった。それで済めば、言い争いにはならなかった。そのあとのことも起こらなかった。ところが、覚法はそれでやめなかったのだ。それだけでは気が済まなかった。この際だから、この人に道心の真義を説いてあげないと、という気になった。

覚法も寒さに気がたっていた。小声ながら、なおも慈栄をたしなめた。

「慈栄さんは本覚の教えを誤解しているのではありませんか。涅槃経の説く一切衆生悉有仏性は、衆生は誰でも仏になり得ると教えていますが、それは誰でも生まれながらにして覚っているという意味ではないのです。道元禅師は、それでは厳しい修行をへて初めて覚れる始覚の教えに対立するではないかと、疑念を抱かれました。厳しい修行に臨んで覚りを究めてこその本覚の教義ではないかと、ひたすら出家求道の真義を探求なされたのです。慈栄さん、あなたは間違っているし、本覚とは何か、わかっていませんね。前から思っていたのですが、慈栄さんは日ごろの修行をおろそかにしているのですよ」

慈栄は頭を垂れたまま、覚法を横目でちらりと睨んだ。

「そんな。ちょっと震えただけではありませんか。ちょっとの震えでも、修行が足りず未熟な所為だと言われるのは、仕方ありません。確かに、わたしは未熟です。ですが、わたしが修行をおろそかにしているなんて、覚法さんがわたしの一体何を知っているというんですか。わたしだって、道心を起こして出家した僧なのです」

「だから、慈栄さんはわかっていないと言うんです。一念三千の法門を心に抱いて道理を探求し続けるのが道心なんです。形を真似ることが道心ではないのです。笠をつけて塵界を彷徨い歩くだけなら、天狗魔党の行にほかならないのです」

「それは、師がみなに諭してくだされたことですから、覚法さんに言われなくとも知っています。ではなぜ、人は一念三千の法門を心に抱いて、道理を探求し続ける道心を起こさなければならないのですか。覚法さんは道心を起こして厳しい修行を積み、覚りを究めて出家求道の真義を探求なされて、それでどうなさるのですか」

「それでって、そ、それはですね。上古の賢人に恥じないように学問修行を積んで世に名を知られる偉い人になり、天下に名をとどろかせ、天下のご政道が民に遍くいきわたるよう、御仏の教法をもって、お役にたてる僧になることですよ」

「ご政道のお役にたてる僧になって、もしも、天下のご政道が間違ったら、どうするんですか」

「て、天下のご政道が間違ったら？　呆れたな。なんと不遜なことを言うんですか。慈栄さんは変だ。まともじゃありません。頭がおかしいですよ」

「よくはわかりませんが、覚法さんの仰っている道心は、出家求道の真義とは違うのではありませんか。天下に名をとどろかせ、綺麗な着物を着て、美味しい物を食べて、多くの人にかしずかれ、ぬくぬくと暮らしたいのですか」

「違います。わたしはそんなことを言ってませんよ。慈栄さんが日ごろの修行をおろそかにしているから」

「お気づきではないようなので、言わせていただきますが、覚法さんも寒さに震えていましたよ。覚法さんが寒いのを堪えていらっしゃるのがわかっていますから、みな一緒だなと思って、わたしは何も言いませんでした。他人のことよりご自分のことを気にかけられたほうが……」

　慈栄は声をひそめて言いかえしたが、言いすぎたと気づき、口を閉ざした。だが、慈栄が、「他人のことよりご自分のことを」と言いかえしたとき、前の机についていた年上の修行僧が、ぷっ、と小さく噴き出した。それが、覚法の顔面を蒼白に変えた。覚法の唇が、寒さにではなく怒りに震え出した。覚法はいきなり本堂に怒声を響かせた。

「おまえのことだ。おまえのことを言ってるのだ。わからないのか、愚か者」

怒りに任せ、涅槃経を慈栄に投げつけた。

投げつけられた経が、慈栄の顔面をかすめた。躍り上がった覚法の蹴りを躱(かわ)しきれずに肩に受けて、わっ、と仰(あお)のけに倒れた。

「覚法、やめろっ」

「気を静めろ、お叱りを受けるぞ」

周りの修行僧らが覚法に組みつき、とり押さえたが、どうにも抑えきれない激情にかられ、とり押さえられながらも空しく蹴りを飛ばし、慈栄を罵(ののし)った。

「おまえはな、じ、自分が何者か、わかっていない。慈栄、わかっていないから教えてやる。おまえは、小塚原(こづかっぱら)で獄門になった人殺しの倅だ。土器(かわらけ)ほどの値打ちもないあさましいならず者の血筋だ。そんな不浄な者に、道心なんか起きるわけがないだろう。わたしは知ってるのだぞ。おまえが、道心が起きたと嘘(うそ)をついて出山寺に逃れてきたことはお見通しだ。出家しなければ、ならず者の人殺しの倅は、島流しだからな。島流しがいやで出家しただけだろう。この嘘つき。おまえの母親もそうだ。母親は千住宿(せんじゅしゅく)の客の相手をする飯盛(めしも)りだ。幾ら隠したって、ならず者の一族はすぐに居所がばれるのだ。おまえらは臭い。ぷんぷんと、いつもならず者の臭いをさせているからな。おまえも獄門首の父親と飯盛りの母親の倅だから、臭いわけだ」

　慈栄には、覚法の罵った意味がわかっていた。物心ついて間もないころ、母親と無理やり引き離され、花川戸の縁者にわけもわからず引きとられた。縁者に引きとられて何年かがたって、物心がもう少しついたとき、

「おめえに、言っておかねばならねえ」

と、なぜ母親と離れ離れになり、縁者に引きとられたのか、わけを聞かされた。おまえの父親は人殺しで小塚原で獄門になった。母親は所払いで行方は知れず、知れたとしても、二度と会うことはできない。十四歳まではおまえを養育するが、十五歳になれば遠島になるか、出家するか、それがお定めなのだと。

　覚法が言ったとおり、慈栄は道心を起こして出家したのではなかった。出家を選んで生き延びる手だてしか、考えられなかった。出山寺が出家を受け入れ、慈栄という法名を与えられ、慈栄として生き延びてきた。

　覚法が突然怒声を発し、涅槃経を投げつけたとき、なぜ、突然、そこまで激昂したのか、慈栄は解せなかった。けれども、覚法にそのように罵られて、覚法は

内心ではずっと前から、自分を罪人の血筋を引く不浄な者、劣弱な者と蔑み、侮り、嘲っていたのだと気づかされた。のみならず、四歳のときに離れ離れになって行方知れずの母親を千住宿の飯盛りと卑しみ貶め、不浄な罪人と卑しい飯盛りの血筋を引く自分ごときに言いかえされたのが、我慢ならなかったのだとわかった。

それでも、もしも、母親のことを言われていなければ、慈栄は覚法の罵りに、蔑み、侮り、嘲りに耐えただろうと思っていた。覚法に嘘つき呼ばわりされたとおり、獄門首の倅には出家するしか、生きる術はなかった。それがお上のお定めだった。

だが、母親のことは別だった。母親と再び会うことはかなわないし、本途に千住宿の飯盛りをしているのか、それを確かめる術もない。

けれど母親の姿は、四歳のときに離れ離れになって十五年がたった今も、慈栄のまぶたの裏に残っていた。消えたことはなかった。

慈栄は、それまでに死にたいと思ったことは何度もあった。自分には生きている値打ちがないと思っていた。だが、殺したいほど人に憎悪を覚えたのは初めてだった。あまりの怒りに身体が震え、歯がかちかちと鳴った。だから、そのあとの自分のふる舞いは、ぼんやりとしか思い出せなかった。

母ちゃんのことをけなすやつは絶対許さねえ。殺してやる。

その激情だけが明瞭だった。

慈栄は庫裏へ走り、勝手の土間の棚に並べた出刃包丁をつかんで、長い廊下をわき目もふらず、本堂へとってかえした。本堂には、教導の師と修行僧らが、覚法の周りを囲んでいた。覚法は気を静めて坐りこみ、師に叱られて殊勝にうな垂れていた。

覚法を囲んでいる師や修行僧らが、本堂に出刃包丁を握り締めて戻ってきた慈栄を見て、啞然とした。慈栄は言葉にならない怒りに突き動かされ、覚法を目指して突き進んだ。

慈栄、慈栄……

と周りで呼ぶ声が遠くに聞こえた。

真っ青な面をつけたような顔つきで、出刃包丁を携え真っすぐに突進してくる様は、さながら、異界の変化のごときもかくあらんと、その場にいた修行僧のひとりがのちに言った。

最初の一撃は、出刃包丁を防ぐためにかざした覚法の手の、薬指と小指を飛ばしたただけだつた。覚法は悲鳴を発して転がり逃げたため、二撃目は額のかすり疵でまぬがれた。修行僧らが慈栄を止めようと試みたが、慈栄は出刃包丁を誰かれかまわず滅多矢鱈にふり廻し、寄せつけなかった。

そのわずかな隙に、覚法は本堂の腰付障子を突き破り、廻廊の手摺を飛び越えた。

冷たい冬の雨が境内に水飛沫を散らして叩き、木々を騒がせていた。覚法は泥水の中で足をすべらせ転倒したが、すぐに起き上がり、泥水を撥ね散らしながら山門へと逃げかけた。

慈栄は廻廊より降りしきる雨の飛沫を巻いて覚法の背後に飛び降り、飛び降りざまに出刃包丁を背中へ浴びせた。墨染めの衣がひと筋に裂けて、枯葉のように左右にひらめいた。覚法は悲鳴を上げ、身をよじって境内の桂の幹へ凭れかかった。

そこへ、慈栄は身体ごとぶつかって行った。ぶつかった途端、横腹へ包丁を柄まで突き入れた。覚法の獣のような絶叫が走った。

「助けて、誰か助けて……」

覚法は、甲高い声を引きつらせた。鮮血が滴り、それを雨が洗った。

本堂の廻廊にいた修行僧らや、庫裏や僧坊のほうから出てきた堂僧や寺男らは、あまりの凄惨さに、誰も助けに行けなかった。

覚法は慈栄の顔面を懸命に突き退け、逃れようとあがき、慈栄は逃すまいと組みついて、二人はもつれ、桂の木の下に折り重なって倒れ、泥水を飛び散らした。二人はもう、雨で洗い流せないほどの血と泥にまみれていた。慈栄が覚法に覆いかぶさって、横腹の出刃包丁を引き抜き、雨の中にかざした。

「やめろ、やめてくれ」

覚法は、出刃包丁をかざした慈栄の手をつかみながら、すすり泣きのような弱々しい声で哀願した。

慈栄は容赦なく覚法の胸に突き入れた。それを抜くと血飛沫が噴いた。それからまた、胸にも喉にも繰りかえし突き入れた。ほどなく、覚法は声をたてず、身動きもしなくなり、置物のようにぐったりした。それでもなお、出刃包丁を突き入れる慈栄を、降りしきる冬の雨が叩いていた。

四

出山寺の住持は、出役した寺社奉行所の大検使と小検使の訊きとりに、慈栄は修行に身が入らず、怠けてばかりいたうえ、気性が粗暴で、傍輩の修行僧らとも、日ごろより喧嘩が絶えなかった、と答えた。一方の、慈栄に惨殺された覚法については、慈栄より年下ながら、出家求道ひと筋の優れた修行僧であったと称え、その若い死を惜しんだ。

覚法が慈栄の修行に身の入らぬあり様を見かねて戒めたのが、諍いのきっかけだった。ひとえに、覚法は慈栄のためによかれかしと、戒めたにすぎない。ところが、慈栄は年下の覚法に言われたことを快く思わず、突然激昂して覚法へ襲いかかった。傍輩らに止められると、庫裏の出刃包丁を持ち出して、怒りに任せて惨殺にいたったと、その場にいた修行僧らや導師、ほかの堂僧らも口をそろえて寺社奉行所役人の訊きとりに証言した。

北町奉行所平同心本条孝三郎は、慈栄の覚法惨殺にいたった経緯が、実事はどうやら住持や傍輩らのそれらの証言とは違っていたらしいと、慈栄が処刑になった翌々日、寺社奉行留役から聞かされた。

寺社奉行留役とは、新任の寺社奉行が円滑（えんかつ）に職務が務まるよう、幕府評定所より派遣された役人である。四人の譜代大名が月番で寺社奉行を務め、各奉行にひとりずつ出向した留役がつき、寺社奉行所で行われるお裁き、すなわち裁許の判例調査などを補佐した。寺社奉行所は、寺社奉行に任じられた四人の譜代大名の各藩邸（はんてい）があてられ、月番ごとに奉行所は変わり、奉行所の役人は、留役以外は奉行の家臣が務めた。しかし、寺社奉行所の裁許には、寺社奉行《手限（てぎり）もの》と評定所において下される《三手掛》《五手掛》があって、寺社奉行の執務補佐を務める留役は、裁許の実情を最もよく知る者だった。

平同心の本条は、評定所において評定が開かれ、町奉行が向かう御駕籠に従って評定所へ行く機会がしばしばあった。その折り、仕事柄、留役と言葉を交わしたことがきっかけになって、町家と寺社で知り得た様々な事情を交換する間柄になっていた。

その日、本条は別件で評定所で行き合った留役に、二日前、首打ちになった出山寺の僧慈栄の素性（すじょう）を訊ねた。詳しいことがわかったら、龍玄に教えてやってもいい、という軽い気持ちだった。

するると、留役は意外にも、慈栄の覚法惨殺の経緯が、住持らの証言と違っているらしい事情を、こっそり明かしたのだった。

「なぜなら……」

と、留役は本条にこのように話した。

慈栄が覚法を惨殺した子細をあとで知った出山寺の住持は、そのような不祥事が表沙汰になっては寺の体面を損ねかねず、本山よりのなんらかの沙汰も考えられ、一件を、修行の未熟な僧が犯した思いがけない出来事として、なるべく穏便に片づけることを図った。住持はみなに口裏を合わすように命じ、みなもそのようにしたので、慈栄がとり調べで申し述べた子細は、考慮されなかった。

「ほう、修行僧らも導師もほかの堂僧らも、口をそろえて、そう答えたんですか。それはさぞかし、みな立派な修行を積まれた坊さん方でしょうな。けど、そいつは妙ですね。それがわかっていて、評定所はそれを考慮しなかったんですか。万が一にでも、慈栄の死罪一等減じる見こみも、なきにしもあらずじゃなかったんですか」

本条の皮肉な物言いに、留役は苦笑を浮かべて言いかえした。

「そうならなかったのは、慈栄当人が観念して諦めておったからなのです。中には、慈栄に同情してじつはと、言う者もおりました。ですが慈栄は、住持さまがそう言うておられるならそれでよい。十五歳で遠島になるところを、出山寺に出家を許され遠島をまぬがれた。なのに、恩を受けた住持さまに迷惑をかけたと、いたく悔いた様子で申し、それまでのとり調べで申し述べていた子細をひるがえしたのです」

「慈栄が、十五歳で遠島をまぬがれた？」

「お訊ねの慈栄の素性についてですが、慈栄の生まれは、明和八年（一七七一）、湯島妻恋町の善兵衛店にて、名前は十之助。両親は父親甲次郎と母親おなつ。十之助が生まれて間もなく、両親は同じ湯島三組町の御駕籠町に移って、小さな酒亭を始めました。ところが、父親の甲次郎はやくざな博奕打ちでしてな。おなつと所帯を持って足を洗っておったものの、身に沁みついた博奕打ちの性根は改まらず、十之助が四歳の夏、博奕の借金が元で……」

本条は、そういうことだったのかい、と納得した。

「よって、死罪が申しわたされたのはやむを得なかったのです。それに仮令、慈栄の申し述べた子細がまことであったとしても、覚法惨殺による死罪は、まぬがれ得なかったと思われます。あそこまでやってしまっては、万が一はなかった」

ふと、本条は龍玄が気にかけていた言葉を思い出した。母ちゃん堪忍と、刑場の土壇場で夕六ツの時の鐘が鳴る間、慈栄が念仏を唱えるように繰りかえしていたと。

明和八年なら別所さんは四歳ごろか。同じ湯島界隈で、生まれて間もない十之助が、寝がえりを打ってはいはいを始め、やがて立ってよちよち歩きができるようになっていき、そのそばには必ずあったに違いない、おなつという母親の姿を、たぶん、覚えているだろう。こいつは別所さんに、教えてやらなきゃあな。金貸のおっ母さんに聞いて、もうとっくに知っているかもしれねえが。

と、考えを廻らしているうちに、本条は少々気が滅入った。みなで寄って集って、慈栄をひどい目に遭わせ、弱い者いじめをしているような、いやな気分になった。

無縁坂講安寺門前の別所龍玄の住居には、玄関式台があった。別所家は玄関式台を持つ身分家柄ではないが、前の住人の儒者が、形ばかりの玄関式台を、この住居を建てたときに造作していた。

東向きの玄関式台を取次の間へ上がって、取次の間の北側が、床の間と床わきを設えた書院ふうの八畳間になっていた。座敷の東向きに、四枚の明障子が両開きに開け放たれ、板縁から土縁へ下りた先の中庭には、梅やなつめ、もみじ、松の木が、板塀よりも高く葉を繁らせていた。玄関と引違いの木戸門の間に踏み石を並べた前庭と中庭との境を、つつじや木犀の灌木が隔てていた。

　これらの木々や灌木は、湯島妻恋町より越してきたとき、父親の勝吉が武家屋敷らしい趣にするために植えさせた。もう十八年目の春を迎え、木々は板塀の外の小路にまで枝を広げるほど高くなり、灌木は毎年季節の花を咲かせ、変わらずにときを刻んできた。

　同じ日の昼下がり、龍玄と母親の静江は、板縁に腰かけ、明るい中庭の一画に土を盛った花壇に、龍玄の妻の百合と娘の杏子、下女のお玉が、桜草売りより買い求めたいく鉢かの桜草を、植え替えているのを眺めていた。桜草売りは、毎年のこの季節、荒川土手に自生する苗を開花前に採集して、

「さくらそうぉぉ」

と、売り声を無縁坂に響かせ、ひと鉢四文の値で売りにくる。

　百合は、白茶色の小袖に襷がけをし、松などの木々と木犀の灌木の間の明地に土盛りをした花壇の傍らへかがみ、桜草をひと苗ひと苗、植え替えていた。杏子

は、紅花色に千鳥や蝶を散らし模様にした華やかな着物姿で、母親のそばにぴたりと並び、母親を真似て白玉のような手を桜草に伸ばしている。百合が小さな杏子に何かささやきかけて頬笑むたびに、丸髷の下の広い額が日を受けてきらきらと光った。杏子は母親のささやきに、やっと歩き始めて間もない身体のすべてを使って、わかった、と頷いている。

十七歳の下女のお玉は、青鼠に格子縞の着物を裾短に、水桶と柄杓を手にして百合の指示に従い、百合が植え替えた桜草の苗に、水をやっていく。やさしく周りにまんべんなくね、と百合が言い、はい、こうでございますね、とお玉は日に焼けた丸顔を桜草に投げかけ、少しずつ少しずつ水をやっている。

凝っとしていない杏子は、お玉のたくましい手に白玉の手を添えて、水やりを一緒にやろうとするので、「お嬢さま、お手伝いありがとうございます」と、お玉は顔をほころばせて杏子に話しかけ、杏子も懸命に何かをこたえている。

まだ早春の日を受けて木々の新緑が耀き、三人の頬笑みやはずむ声が、白い光の中で軽やかに舞っているかのようだった。

「まあ、見飽きませんね」

静江が、中庭の光景にうっとりと見惚れて言った。

「はい」

龍玄は何気なくこたえ、やはり中庭の光景に見惚れていた。

静江は土縁の沓脱に両足をそろえ、膝頭あたりに両手を載せ、のどかな風情である。一方の龍玄は、百合に頼まれて花壇の土盛りをしたときの、袴の股立ちを臑の上のほうまでとった恰好のまま、板縁に腰かけている。

「はや三歳ですものね。あっという間です。まだまだ手はかかりますけれど」

龍玄は、何がなし感傷を覚えているような静江へ向いた。静江は龍玄が見向いたのを気づかぬ風情で、中庭を眺めている。静江は、御徒町や本郷、小石川、近ごろは駿河台下の小禄の御家人や旗本を相手に、わずかな融通というほどの金貸を営んでいて、その午前は、お玉をともなって、利息や貸金のとりたてに出かけていた。とりたてのときには珍しく、昼前に戻ってくると、

「龍玄、戻りがけに湯島へ寄り道して、お富さんに聞いてきましたよ。あとでお話しします。いいですね……」

と、いささか物思わしげに言ったのだった。

お富さんというのは、湯島三組町の湯屋のおかみさんで、町内の住人の事情によく通じており、お富さんに聞けば、町内のことは昔のことでも近ごろのことで

もなんでもお見通しさ、と言われていた。

「母上、お聞かせください」

龍玄は、中庭を眺める静江の横顔を見つめていた。庭のほうから杏子の高い声が聞こえ、お玉の声が、

「はあい、お嬢さま」

と、快活にかえした。

「おなつさんのご亭主の甲次郎さんは、安永三年（一七七四）に小塚原で獄門になったそうです。下谷坂本町の賭場で喧嘩をして、人を殺した挙句に財布を盗んだとか。それで、女房のおなつさんは所払いになり、御駕籠町の酒亭はとり潰されて、お富さんによれば、おなつさんは千住の旅籠へ移ったそうです。つまり、飯盛りに雇われ、お客をとる生業です。もう十六年前ですから、今はどうしていらっしゃるのか、まだ千住にいらっしゃるのか、それはお富さんもご存じないようですね」

静江は、少し考える素ぶりを見せた。そしてすぐに、「子供の十之助さんは」と続けた。

「おなつさんには身寄りがないので、花川戸の甲次郎さんの遠縁の、おなつさん

とはそれまで一切縁のなかった人に引きとられましてね。十之助さんはそのとき四歳で、おなつさんと離れ離れになって、さぞかし母親が恋しく心細かったでしょうけれど、それがお定めなら仕方がありません。甲次郎さんは、ご自分の犯した罪を、女房にも子供にも負わせて亡くなったんです」

杏子が柄杓を両手でつかみ、水桶の水を汲もうとしてなかなかうまく汲めないのを、お玉が手を添えて助けた。杏子が柄杓をふり廻した拍子に飛び散った水が、お玉にも桜草の苗を植え替えている百合にもかかった。お玉は、わあ、と喚声を上げ、百合は、「あらまあ」と濡れた額や頬を、土のついていない手の甲や腕でぬぐっている。

静江はそれを見て、くすくす、と笑った。

「十之助さんは十四歳まで花川戸で暮らし、十五歳になるときに、出家をするか遠島になるか、どちらかしか生きる道はなかったんですね。父親の犯した罪を、子供にまで背負わせて、子供はどうしようもないのに、むごいことです。でも、受け入れてくれるお寺があって、運よく出家が許されて、遠島にはならなかったのは、せめてものことだったはずなのに……」

「ではやはり、十之助さんは橋場町の出山寺に出家したのですね」

龍玄が言い、静江は頷いた。

「与えられた法名を、お富さんはご存じではありませんでした。ただ、橋場町の出山寺とだけです。十五歳の天明五年（一七八五）に出家し、この春で六年目のまだ二十歳です。仏門に入って修行に励み、御仏に仕え、穢れのない命をまっとうすることができたでしょうに、なんという廻り合わせでしょう。おなつさんも十之助さんも、哀れでなりません」

母ちゃん、堪忍……

夕六ツを告げる時の鐘と土壇場の慈栄の祈るような呟きが、龍玄の脳裡をよぎった。

西に傾いた橙色の日が、まだ妻恋坂に射していた。あの夕方、芥坂をくだってきて妻恋坂の中腹に佇み、父親の勝吉と七歳の龍玄を見送ったおなつと四歳の十之助の姿を、今まさに眼前に現れているかのように、龍玄は思い出した。

おなつの紺地に十字絣の着物が、橙色の陽射しを受けて耀いて見えた。おなつと十之助は手をつなぎ、十之助は龍玄へ無邪気に一生懸命手をふっていた。龍玄に、また遊ぼうねと。龍玄も坂の上のおなつと十之助に手をふりかえした。勝吉と龍玄が、坂下の町家の角を曲がるとき、もう一度妻恋坂を見上げると、おなつが膝に手をあて、丁寧に辞儀をして見せた。勝吉は、ほんの束の間立ち止まって、おなつを見上げた。けれど、すぐに町家の角を折れ、おなつと十之助の姿は、夕日のまぶしさの彼方にかき消えるように、見えなくなったのだった。

あの秋の日の妻恋坂からの帰り道、勝吉の大きな背中が、ゆったりとした歩みにゆれながら黙然と夕方の往来を行き、龍玄は懸命に勝吉の背中を追っていた。勝吉の背中は、少し不機嫌そうに感じられた。勝吉の大きな、不機嫌そうな背中に、龍玄は訊いた。

「父上、おなつさんと十之助さんは、《おなつの店》を閉じて、どこかへ越すのですか」

勝吉は聞こえなかったのか、機嫌が悪かったからか、龍玄の問いかけに答えず、沈黙して歩み続けていた。

「父上……」

再び声をかけると、勝吉の大きな背中が小さな声で、ようやく言った。

「越さねばならんのだ。むごいがな」

勝吉の小さな声に、こつん、と龍玄の胸が鳴った。そのとき、勝吉が沈黙していたのは、おなつと十之助への哀れみに胸をふさがれていたからだと、龍玄にわかった。

父上、さっき、《おなつの店》でおなつさんはなぜ泣いていたのですか。と、本途は訊きたかった。

けれど、龍玄はそれを訊いてはならない気がした。なぜならそれは、十之助に母親の泣いている姿を見せるのが可哀想に思って見せないようにした、それに似た、自分よりも幼い子を可哀想に思う何かに違いなかった。

だがそれは、自分のような子供は聞いてもわからず、どんなに心配してもどうにもならず、それがどれほどむごたらしい暴虐であろうと、どれほどつらい悲しみであろうと、子供は黙って我慢するしかない、むずかしい大人のことだったからだ。

「母上、小塚原の刑場で、甲次郎さんの首を打ったのは、父上なのですか」

龍玄は、早春の陽射しの降る中庭へ頰笑みを向けている静江に言った。春の気配が、百合と杏子とお玉の声とともに中庭から流れてきて、静江の横顔をなでていた。

「もしもそうなら、父上とあなたは、おなつさんのご亭主と子供を、ともに打ったことになります。因果（いんが）な定めですね」

と、静江は、横顔を春の気配に任せたまま、さりげなく言った。

「父上はあなたと違って、仕事のことや外で呑んできたことを、折り折りに話す人でした。でも、おなつさんのご亭主のことは、一度も聞いた覚えがありませんよ。だから、それは違うのではありませんか。それとも、父上からそれらしいことを、何か聞いた覚えが、龍玄にあるのですか」

「聞いた覚えはありません。もしかしてと、思っただけです」

「そうですね。龍玄は七歳でしたから、聞かされてもわからなかったでしょうし……」

静江は、横顔をわずかにかしげ、龍玄へ頰笑みを寄こした。父親の勝吉は、妻恋坂のおなつを訪ねたあの秋の日のことを、静江に話していなかったのだと、龍玄はそのとき気づいた。

五

それから数日がたち、龍玄は小塚原の野中をゆく千住街道を千住宿へとった。

春の半ばにはまだ遠く、肌寒さの残るその日、小塚原の天上を白に薄墨を流したようなまだら模様の高曇りの空が覆い、空は龍玄の向かうはるか彼方、足立郡の広大な地平へと落ちていた。

浅草山谷町をすぎた小塚原畷に沿い、草木の光景が悲愴森々とつらなる小塚原の仕置場がある。仕置場には石像坐身の仏像が祀ってあり、一丈（約三メートル）の石碑がたっている。

その仕置場を北へ数町すぎた千住宿は、日本橋から二里八町（約八・七キロ）。隅田川に架かる千住大橋を挟んで、南が下宿の小塚原町と中村町、北は大千住と呼ばれる上宿の、橋戸町、河原町を含む掃部宿、千住一丁目から五丁目までの八ヵ町。店数千七百軒余、旅籠が二百軒を超え、そのうち飯盛女を抱える旅籠は百軒以上という日光奥州道の主駅である。

龍玄は、千住大橋を越え、千住上宿河原町の人通りの賑やかな往来を、柳原村のほうへ分かれる小路へ入った。小路には酒亭や葭簀をたてかけた茶屋などが七、八軒、板葺や茅葺屋根の軒を並べていて、小路を半町も行けば、途端に人影の途絶える町はずれの寂しい田んぼ道だった。

河原町と橋戸町の飯盛女をおく旅籠や、茶汲み女のいる茶屋などの店頭を務める田村屋の真左吉の店が、その小路にあった。

両引きの腰高障子に、千住河原町、田村屋真左吉、と標してあるのが読めた。真左吉の店が小路の家並に少々場違いなのは、真左吉は以前、この小路で一膳飯屋を営んでおり、腕っ節が強く度胸もあることを買われ、近所のもめ事やごたごたを仲裁する中立を頼まれて引き受けていた。それが、宿場にだんだんと知られ出し、頼りにされるようになって、四十年以上も前の二十代の半ばのころには、界隈の女をおく旅籠や茶屋の店頭、すなわち防ぎ役を任されて、昔は一膳飯屋の小店が、今では、小路に場違いな一家をかまえるまでになった、大千住の顔利きのひとりだった。歳はもう六十代の半ばをすぎて七十に近く、

「聞いたところでは、どうやら真左吉は、今は寝たきりらしいぜ。四十すぎの、河原町の女親分と評判の女房が、寝たきりの亭主に代わって縄張りを仕切っているそうだ。たぶん、その女親分が……」

と、本条孝三郎が龍玄に言った。

龍玄は片側の腰高障子を引いた。

戸外の明るみが入りこんだ前土間は、店のどこかで香が焚かれていて、ほのかな香りが漂ってきた。前土間は、店の間の片側を折れ曲がりに店奥へ通じており、前土間にも店の間にも人の姿はなかった。

前土間に踏み入り、後ろの障子戸を閉じた。菅笠をとって、香の漂う静かな店に声をかけた。

「ごめん。お頼みします。ごめん」

と、龍玄の声が静けさに染みて、店はまた静かになった。ほどなく、店の奥のほうで人の動く気配がして、折れ曲がりの土間に、若い衆が草履を鳴らして着流し姿を現した。若い衆は前土間にぽつねんと佇む龍玄へ、訝るような目を投げた。媚茶の袷、朽木縞の袴に両刀をおび、菅笠を片手に提げた、よく見ると案外に若げな侍風体が意外そうだった。若い衆は、折れ曲がりの角まできて足を止め、龍玄に言った。

「おいでなさいやし。どちらさんで、ございやすか」

龍玄は頭を垂れ、歯切れのよい声を、再び前土間に染みわたらせた。

「別所龍玄と申します。突然お訪ねしたご無礼を、お許し願います。こちらの田村屋真左吉親分のおかみさんがおなつさんであると人伝にうかがい、おかみさんにお会いいたすため、本日お訪ねいたしました」

「おなつさん?」

若い衆は繰りかえし、首をかしげて束の間をおいた。

「へえ、親分のおかみさんはおなつさんに間違いありやせんが、別所なんとかさんは、おかみさんとどういうお知り合いで、ございやすか」

言葉つきに、不審がにじんでいた。

「別所龍玄と申します」

龍玄は繰りかえした。

「胡乱なる者ではありません。わたしは湯島妻恋町という町家の生まれにて、四、五歳のころ、ご近所にお住いであったこちらのおかみさん、すなわち、おなつさんを存じておりました。歳が離れておりましたので、言葉を交わしたことはありません。ですが、おなつさんが声をかけてくださったことは、よく覚えております。最後に町内でお見かけしたのは、わたしが七歳のときでした。そのころおなつさんは、二十代の半ばであったと思われます」

「はあ、四、五歳のころにおかみさんのご近所さんだったんですね。言葉を交わしたことはねえが、おかみさんから声をかけてもらったことは覚えていると」

龍玄は、穏やかに頷いた。

「じゃあ、子供のころにご近所さんだったんで見覚えているおかみさんが懐かしくて、別所龍玄さんは本日、湯島からわざわざ訪ねてこられたってわけで？」

若い衆は、ますますぞんざいな言い方になった。

「懐かしい気持ちはありますが、昔のよしみを懐かしんでお訪ねしたのではありません。おかみさんに、いえ、おなつさんにお伝えせねばならないことがあります。何とぞ、お取次をお頼みいたします」

「別所さんは、お武家さんとお見受けいたしやすが、どちらのご家中にお仕えの、お武家さんでございやすか」

「仕える主を持たぬ浪人者です。わが生業は、町奉行さま認知により、臨時にて牢屋敷の役目を務めております」

若い衆は首をひねった。

「臨時の、牢屋敷のお役目？　そいつは、どういうお役目でございやすか」

「死罪の裁きを受けた罪人の、首打役です」

「ええっ」

若い衆は目を瞠り、突然、怯んだかのように上体をわずかに引いた。

「くく、首打役でやすか」

それ以上の言葉が出ず、若い衆は目をわきへ泳がせ、口を開けたり閉じたりした。

「ご懸念なきよう。牢屋敷の務めを受けて、お訪ねしたのではありません。わが一個の存念により、おなつさんにかかり合いのある事柄についてお伝えすべきと判断いたしたことです。おなつさんにお取次を願います」

「少々お待ちを」

若い衆は、草履を土間に擦らせて踵をかえし、慌てた様子で奥へ引っこんだ。それから店は少しざわついたが、すぐに静けさをとり戻した。龍玄はその静けさの中で、十六年の歳月が廻るのを待つかのように、土間に凝っと佇んだ。

やがて、表戸の障子を透かしたほの明かりの射す店の間の、正面奥の襖がわずかに引かれた。人影が隙間に見えた。人影は、四畳半の店の間ごしに、前土間の龍玄の様子をうかがった。ほんの微弱な脂粉の匂いが、香の中にまじり、人影が女とわかった。そのとき、

坊ちゃん……

と、呼ばれた気がした。明らかに人影は、強い疑念と激しい動揺にうろたえていた。

龍玄は隙間の人影へ、辞儀を投げた。

襖がゆるやかに引かれた。小水葱色の先染めの紬に半幅帯を隙なく締め、丸

髷の下の愁いの差した面差しが龍玄に向けられた。おなつはなおも動かなかった。その目鼻に、口元に、変わらずほっそりとした身体つきに、十六年の歳月は間違いなく刻まれていた。しかしながら、思い出は十六年の歳月を超えて、龍玄の胸を打った。

龍玄の脳裡に、坊ちゃん、と妻恋坂で呼ばれたときの、子供心にも覚えた気恥ずかしさが甦った。

着流しの若い衆が、おなつの左右に並び、幾ぶん険しい目つきを龍玄へ向けていた。おなつは、若い衆らに小声で何かを言った。若い衆らが頷くと、着物の前身頃と隙なく締めた半幅帯に手をそっとあてがい、若い衆らを残して店の間に、小幅ながら速やかな歩みを運んだ。

おなつの顔は蒼褪めていた。けれど、愁いが解けて、頬におぼろな朱をおび始めていた。龍玄にそそぐ目が潤んで、店の間の中ほどに端座したとき、おなつの頬を涙が伝ったのがわかった。おなつは店の間の畳に手をつき、白髪がいく筋かまじった丸髷の下の、今なお艶やかな額を龍玄に見せて、

「おいでなさいませ。お侍さまは、別所龍玄さまで、ございますか」

と、思い出よりは少し低い声で言った。

「別所龍玄です。おなつさん、ご無沙汰いたしておりました」

龍玄は言った。

「それでは、湯島の妻恋町でお暮らしでした別所勝吉さまのお子さまの、妻恋坂でお別れしたあの可愛らしい坊ちゃんが、今このようなお侍さまに、なられたのでございますか」

「わたしは七歳でした。あの日、妻恋坂でおなつさんと十之助さんに見送っていただきましたね。忘れたことはありません。おなつさんも、四歳だった十之助さんも、はっきりと思い出せます」

おなつは頭を垂れ、額を向けた姿勢のまま、わずかに頷かせた。

「別所勝吉さまは、お変わりなくおすごしでございますか。今もまだ、牢屋敷にお務めでございますか」

「父は、四年前の暮れに亡くなりました。四十七歳でした。わたしは父を継いで、牢屋敷に務めております」

「別所さまが、お亡くなりに……」

おなつは、思いがけない言葉に打たれたように頭をもたげた。初めて龍玄と真っすぐに向き合った。

「お伝えすることがあります。橋場町の出山寺の慈栄さんのことです。それをお伝えするため、おうかがいいたしました。おなつさん、よろしいですね」

おなつは眉をひそめ、寂寥を湛えた眼差しを向け、龍玄を凝っと見つめた。そして、喉を震わせ、息を呑みこんだ。

六

龍玄の話が続き、その間、おなつは止めどなく落ちる涙を袖でぬぐった。ときおりは、堪えきれずに嗚咽を漏らした。もう十六年前のあのとき、《おなつの店》の小上がりで、父親の勝吉と向き合い、おなつは畳に伏せ顔を覆って忍び泣いていた。龍玄は、あのときの父親の仕打ちと同じ仕打ちを、自分は今しているのだとわかっていた。

だが、泣き濡れてはいても、龍玄にはおなつがとり乱しているようには見えなかった。龍玄の話を受け止め、とり乱すことのないその様子は、むしろ、耐えることでしか生きられず、ひたすら耐えて生きてきた十六年の歳月を、映し出しているかのように思われた。

龍玄の話が終ると、おなつは潤んだ目や赤く爛れた顔を見せまいとして、部屋の外へ投げた。部屋の腰付障子が開かれていて、濡れ縁ごしに、つげの生垣に囲われた裏庭があった。生垣の向こうに、千住宿はずれの足立郡の田んぼが、東と北にはるばると重なりつらなっていた。集落や森が地平の向こうに散在し、遠くの人家の焚き火の煙が、白色と灰色のまだら模様の高曇りの空へ上り、その空の彼方を、鳥影の群れが声もなくかすめていた。

おなつは大きく息を吸ったり吐いたりして、気持ちを静めた。

「そうでしたか」

そう言った途端、また涙があふれて頬を伝い、おなつは袖で顔を覆った。覆った袖の下で笛を吹くような声を絞った。間仕切の襖ごしに、若い衆の気遣う声がかかった。

「おかみさん、用はござんせんか」

おなつは、返事ができなかった。

「おかみさん……」

「いいよ。用があったら呼ぶから」

おなつはやっと、くぐもった声をかえした。若い衆が襖ごしに退がって行った

気配がして、しばしの沈黙をおいた。それから、

「坊ちゃん……」

と、十六年前のあの日に戻ったような言葉つきで、おなつは龍玄に呼びかけた。

「十之助はどうして、母ちゃん、堪忍と、謝ったんですかね。十之助は何も悪くないのに。悪いのは、罪を犯して打首獄門になった挙句、自分の罪を倅にまで負わせたろくでなしの父親と、ろくでなしを亭主にした母親なのに、なんでそんな馬鹿な母親に謝らなきゃあ、気が済まなかったんですかね。母親が千住の飯盛りと蔑まれて、殺したいほど腹をたてたなら、せめて最期は、母ちゃんの馬鹿、怨(うら)んでやると罵って、坊ちゃんに首を打たれたら、少しは筋が通ったのに。あの子がわたしに謝るなんて、それじゃあ、あべこべですよ。そうじゃありませんかね、坊ちゃん」

龍玄は沈黙した。おなつは、龍玄に返答を求めてはいなかった。ただ、自分を許せず、責めていた。

「どうでもいいんですけれど、十之助の父親は甲次郎というんです。わたしは江戸で生まれましたが、両親は江戸へ働き口を求めて流れてきた他国者(たこくもの)で、江戸には両親以外に身寄りがなかったんです。妻恋町で甲次郎と所帯を持ったとき、両

親はすでにいなくて、頼りは甲次郎ひとりでした。わたしは水茶屋で茶汲み女をしていて、甲次郎はお客だったんです。やくざな博奕打ちとは、わかっていました。博奕は金輪際やらない、足を洗ってまっとうに暮らすと言うのを信じて、いいえ、信じるしかなかったから信じるふりをして、一緒になったんです。十之助が生まれて三月がたって、あの芥坂の上の、物置みたいな小さな店で呑屋を始めました。甲次郎も初めはいい亭主だったんです。今にもっともっと大きな店にするぜと希を持って、わたしは十之助を負ぶって二人で力を合わせて、とかなんとか、傍から見れば吹けば飛ぶような所帯でした。でも、そこで生きるしかない者には、傍からなんか見られませんし」

ふと、おなつは眼差しをやわらげた。

「坊ちゃんのお父上とご隠居さまも、何度か呑みにきてくださいました。お父上もご隠居さまも、楽しいお酒を呑まれる方でした。坊ちゃん、ご存じでしたか」

「湯島の遊び仲間から、聞いた覚えがあります。おなつさんの店で、父と爺さまをよく見かけると、その子の父親が言っていたのです」

龍玄が答え、おなつはすぎた日々をたどるように、ゆっくり二度頷いた。

龍玄は四歳だった。遊び仲間の年嵩の子が龍玄をからかって言った。

「龍玄、おめえの爺ちゃんと父ちゃんもおなつの店でよく見かけるって、おらの父ちゃんが言ってたぜ。おめえの爺ちゃんと父ちゃんは牢屋敷の首打役だから、おなつの亭主と顔見知りじゃねえのか」

幼い龍玄は吃驚(びっくり)した。龍玄の別所家は、大人らが《不浄》なと陰で言う小伝馬町の牢屋敷で罪人の首打役を生業にしていて、湯島や本郷界隈の普通のお武家と同じには見られてはいなかった。龍玄は、爺さまの弥五郎が牢屋敷の罪人の首を一刀の下(もと)に斬り落とす首打役に就き、父親の勝吉も爺さまを継いで首打役を務めているのを、四歳ごろにはもう知っていた。

その牢屋敷で、爺さまや父親が、前は博奕打ちのやくざだったおなつの亭主と顔見知りだとしたら、爺さまと父親も博奕打ちのやくざと同じに見られている気がして、それはなんだかいやだった。恥ずかしくて、爺さまも父上もおなつの店に行かなければいいのに、と思ったのを覚えている。

「でも、甲次郎は続かなかったんです。まっとうな暮らしにすぐ厭(あ)きて、やくざな博奕打ちの性分が抑えられなくなって、また賭場に出かけるようになりましてね。呑屋は三年半の半分以上は、わたしひとりで開いていました。十之助だけが、支えでした」

と、おなつは続けた。

「それがとうとう、博奕の借金で首が廻らなくなり、呑屋の稼ぎを全部かっさらってもほんの端金でどうにもならず、他人の懐を狙って殺しまで働いた挙句、小塚原で打首獄門のつまらない一生に仕舞いをつけたんです。女房のわたしは所払い、倅の十之助は十四歳まで縁者に預けられ、十五歳になったら遠島か出家するしかありません。わたしは江戸に身寄りはありませんから、花川戸の甲次郎の遠縁とかいう名前も顔も知らない人が、十之助を十四歳まで預かることになったんです。町役人さんが十之助の手を引いて、妻恋坂をくだって行くのを見送りました。あのとき、十之助は四歳でした。別れぎわ、母親のわたしがぼろぼろと涙をこぼすのに、十之助は真っ白な顔をして、きっと、自分にはどうにもならないとわかっていたんですね。駄々をこねて泣きもせず、いやだいやだとわたしにすがりもせず、ほんのちょっとおどおどしていたけれど、新しい飼い主のところへ大人しく引かれて行く子犬みたいでした。十之助を見送ったその日のうちに、わたしは千住の旅籠の、飯盛女に雇われました」

おなつは、また息を呑んだ。小水葱色のほっそりとした肩が、寂しげに上下した。

「不思議なもんです。もう九年になります。この田村屋の真左吉が、大年増の飯盛女をどういうわけか、女房にしてやろうという気まぐれを起こして、真左吉の女房に収まったんです。真左吉は六十歳でした。千住宿の飯盛り、年増の端女郎と呼ばれていたのが、突然、周りからおかみさんと呼ばれるようになって、初めはただもう右往左往する日々でした。それでも、真左吉の女房にだんだん慣れてきたころ、真左吉はわたしの身の上を承知していましたので、花川戸の縁者にまだ預けられていた十之助に会いに行くかと、なんなら間に人をたてて母親は伏せ、十之助を引きとってもいいんだぞと、言ってくれたんですけれどね。でも、父親の甲次郎はやくざな博奕打ち、引きとる真左吉も宿場のやくざな店頭、万一のことがあったらと、恐くてできなかったし、もう十歳をすぎている十之助は、さぞかし、倅を捨てた母親を怨んでいるに違いないと思っていましたから、行けなかったんです。行けるわけありませんよ」

「罪のない子供に親の罪を負わせているのは、お上のお定めです。十之助さんは、おなつさんに捨てられたのではないことは、わかっていたのではありませんか」

龍玄が言うと、おなつは外の景色へ目を遊ばせた。そして、

「同じことです。同じことなんですよ、坊ちゃん。子供を守ってやらない親なん

て、親の値打ちはありませんから」

と、少し投げやりな素ぶりで言った。

「十之助が十五歳になって、橋場町の出山寺に出家して、慈栄という法名が与えられたのは、知ってました。真左吉が若い衆に調べさせて、十之助の身の上を気にかけているわたしを安心させてくれたんです。仮令、会えなくても、十之助が修行を積んで立派なお坊さんになってくれることを願っていれば、いいんです。本途に嬉しかった。それだけわかれば、十分でした。ですから、名乗るつもりはありませんでした。ただ、頭を青々と丸めた十之助が、どんなお坊さんになっているのか、ひと目、その姿を見たかっただけなんです。三年前、出山寺へ参詣に行ったことがあるんです。真左吉が若い衆を二、三人連れて行けば参詣の恰好もつくからと言ってくれて」

「十之助さんに、会われたのですか」

「いえ。そのとき慈栄は托鉢の修行に出ていて、まだ戻ってきていなかったんです。戻りを待つことはできたんですけれど、なんだかつらくて、会えないのは会ってはいけないからだと思えて、帰途についたんです。そしたら、出山寺を出て千住街道へ向かう小塚原の野道で、饅頭笠をつけた五、六人の托鉢僧と行き合いましてね。質素な墨染めの衣に饅頭笠だけの、でも凜々しく清げな修行僧に見えました。あっと思って、胸が躍りました。若い衆が、おかみさん、あそこに戻ってきましたよ、声をかけますか、と訊かれて、やめておくれって、言ったんです。やめておくれって。だって、あんな清げな修行僧の前に、わたしみたいなうす汚れた母親が現れたら、罰があたりますよ」

おなつは、外の景色に見惚れているかのようなため息を、ひとつ吐いた。

「もう少しときがたって、わたしがもっと歳をとったら、十之助に会いに行けるかもしれないと、思っていました。そしたら、一年半ほど前に真左吉が卒中で倒れましてね。以来、寝たきりになって、わたしが真左吉の指示を受けて、店頭の代わりを務める成りゆきになったんです。それからは十之助のことより、真左吉に恩をかえさなければという思いで頭が一杯でした。これでいい、自分の目の前の務めを一生懸命果たせばいいと、そればかりを思っていたんです。それが、なんということでしょう。今日、坊ちゃんが、突然、遠い遠いあのころの……」

おなつは言いかけた言葉を、閉ざした。

店の表のほうで、人が訪ねてきたらしく、話し声が交わされ、少しざわついた。ほどなく、間仕切の襖の向こうに足音が近づき、若い衆の声がかかった。

「おかみさん、真鍋屋（まなべや）さんと大村（おおむら）さんが、女郎衆の店替えの支度金が違っているとかで、もめているそうです。真鍋屋さんが、おかみさんに顔を出してもらえねえかと、言ってきていますが、どう返事いたしやすか」

「それはもう、証文を交わしたことだから、証文どおりに進めるしかないじゃないか。あんたが行って、両方にそれで進めるように、折り合いをつけておやり」

「承知しやした」

若い衆の足音が、襖のそばから離れて行った。おなつは龍玄と目を合わさず、膝へ伏せた。膝の手に手を重ね、擦り合わせた仕種が少し照れ臭そうに見えた。

「おなつさん、長々とお邪魔いたしました。わたしはこれにて」

「え？　坊ちゃん、まだよろしいのですよ。もう少し」

おなつは驚いたように顔を上げた。青白い顔色ながら、泣き濡れて爛れたまぶたの赤みがうすれ、しっとりとした愁いが目元に差した。

龍玄は、大刀と菅笠へ差し出した手を引いて、しばし考えた。そして言った。

「おなつさん、ひとつ、お訊ねしたいのです。かまいませんか」

おなつは、ほんのわずかながら、龍玄の変わった素ぶりに気づいたのか、意外そうな顔つきになった。

「なんでしょうか」

と、訊きかえした。

「御駕籠町のおなつさんの店を、父と一緒に訪ねた秋の日のことです。十六年前の、わたしが七歳で十之助さんは四歳でした。あの数日後、おなつさんと十之助さんは、湯島を去られたのでしたね」

「覚えています。別所さんが、坊ちゃんを連れて訪ねてくださいましたね。忘れはしませんとも」

「あの日、父はなぜ、御駕籠町のおなつさんの店を訪ねたのですか。おなつさんに、どのような用があったのですか。あのとき、おなつさんは泣いておられました」

おなつは沈黙した。だが、沈黙は長くなかった。

「坊ちゃん、お父上の別所さんは、楽しく気持ちよさそうにお酒を呑まれる方でした。別所さんがあの大きな身体を小さく丸めて入ってこられると、物置みたいな貧相な店が、ぱっと明るくなるんです。朗らかによく笑って、人を見る目が優しくて、誰にでも気遣いができて、大きな身体がちょっと恐いぐらいでしたけれど、よく見たら、目鼻だちの整った案外の男前で。ですから、別所さんは持てたんですよ。湯島や池之端や明神下のお茶屋さんでも、芸者衆にも。あれはいい、あの人はいいって、別所さんの話になると、みな真顔で言うんです。坊ちゃん、お父上がそういう方だったと、ご存じでしたか」

「父は酔って帰ってくるたびに、母に小言を言われて、しょんぼりしていました」

「別所さんらしい。湯島のご町内で、別所さんとまだ幼い童子のころの坊ちゃんがご一緒のところを、お見かけした覚えがあります。別所さんのあとを、ぱっちりと目を見開いた小さな坊ちゃんが、お父上に遅れまいと懸命に走ってついて行かれるんです。とても頰笑ましくて、ああ、なんていい親子の姿なんだろうと、見惚れてしまいました」

おなつは、若いころに戻ったかのような笑みを、初めて龍玄に見せた。

「あの秋の日、別所さんは、小塚原で亭主の甲次郎の首を打ったのは自分だと、申しわけなかったと、詫びにこられたんです。胸が痛みました。けれど、どうしてと、戸惑いました。それを詫びられても、困るじゃありませんか。別所さんは、ご自分の務めをまっとうに果たされて、甲次郎は犯した罪の罰を受けた。別所さんの務めを果たした相手が、たまたま甲次郎だった。それだけなんです。それが定めなら、受け入れるしかないんです。でも、別所さんのお気持ちは胸に染みました。仕方がない、どうにもならないとわかっていても、別所さんはご自分のお気持ちが済まなかったんです。残されたわたしと十之助に、詫びないではいられなかったんです。別所さんはそういう方でした」

龍玄を見つめる目に、また潤みが兆した。

「別所さんは、仰ってくださったんです。所払いになるわたしの世話をさせてほしい。十之助は十四歳まで別所家が預かり、龍玄の弟として育て、十五歳になればしかるべきお寺に出家させる。妻はわけを話せばわかってくれるし、ご自分が隠居をなさっても、倅の龍玄が代わって世話をする。妻はそういう女だし、龍玄もそういう倅だから、あとの心配は決していらないと……」

「なぜ、そうなさらなかったのですか。甲次郎さんの首を打った父では、やはりいやだったのですか」

「いやなわけがありません。あんまりありがたくて、別所さんの優しいお心遣いが、どきどきと胸が鳴るぐらい嬉しかったんです」

東の間をおき、おなつの胸がゆれた。

「でも、できませんよ、そんなこと。ちゃんとしたご新造さんがいらっしゃって、あんなに可愛らしい坊ちゃんがいらっしゃるのに、できるわけないじゃないですか。そう思ったら、みじめな自分がつらくて、悲しくて、泣けましてね。泣くしかできませんでした。涙が涸れるほど泣いて、少し気持ちが落ち着いてからお断りしました。別所さんは肩を落として、何も力になれずに済まないと、しょげておられました。別所さんが負い目を感じることはないのに」

襖の向こうにまた足音が近づき、若い衆の声が聞こえた。

「おかみさん、真鍋屋さんも大村さんも、あっしらじゃあ承知できねえそうです。どうしてもおかみさんに仕切ってもらいてえと仰って、折り合いがつきません」

「わかったよ。わたしが行くからと、真鍋屋さんと大村さんに伝えておくれ」

へい、と若い衆の足音が退って行った。表のほうの、若い衆のやりとりが聞こえた。

「ごめんなさいね、坊ちゃん」

おなつが言った。いえ、と龍玄はかえしたが、おなつは立たなかった。龍玄へ向けた目を離さず、なおも続けたのだった。

「じつはあのとき、せめて、十之助だけは別所さんにお頼みしようかと、思ったんです。でも、言い出せませんでした。結局、わたしたちが十之助に負わせた罪が軽くなるわけじゃありませんから、どっちにしても変わりはしないと思えたんです。もしも、十六年前にそうしていれば、今日、こうして坊ちゃんとお会いすることは、なかったのかもしれませんね。でも、坊ちゃん。十之助の首を打ったご自分に負い目を感じていらっしゃるなら、それは違いますよ。ろくでなしの父親と愚かな母親が、子供の命を奪ったんです。愚かな親が、自分の子供の命を台無しにしたんです。母ちゃん、堪忍なんて、そんなむごいことを先にいく子供に言わせる親なんて……」

龍玄に言葉はなかった。

十六年前にそうしていれば、とおなつが言ったとき、龍玄には、あの秋の日の妻恋坂のおなつの姿が見えていた。おなつは、妻恋坂に射すおぼろな橙色の西日の下で、四歳の十之助の手をにぎり締め、途方にくれ、ひどく心細げに、頼りなげに、そして悲しげに佇んでいた。

破門

一

幼いころの別所龍玄は、剣術が好きになれなかった。嫌いというのではなかった。好きでも嫌いでもなく、剣術に関心が向かなかった。それだけだ。

童子の習い事や真似事ではない、武士になるための剣術修行を始めたのは、安永六年（一七七七）、龍玄十歳の正月下旬、本郷菊坂臺町喜福寺裏にかまえている、大沢虎次郎の一刀流道場に入門したときからだった。厳密に言えば、

「お試し稽古に通うてみてはどうか。どうしてもいやならば、そのときはやめてもよいと、大沢先生が言うてくだされておる。武士として生きるために、いずれ剣術は身につけねばならんのだ。ならば、始めるのは早いほうがよい。いや、年

が明ければ十歳になるのだから、武家の子弟にしては遅いくらいだ。龍玄、休まず通って稽古するのだぞ」

と、父親勝吉に断固たる口ぶりで命じられ、仕方なく、その前年の安永五年の秋の終りより、もう少し年下の子供らにまじって、大沢道場へお試し稽古に通っていたため、修行を始めたのは九歳のころ、とするのが正確かもしれない。

どうしてもいやならば、という父親の言葉には、まさか、そんなはずはあるまいな、という思惑が籠められているのは、むろん、龍玄もわかる年ごろになっていた。

しかしながら、卒中で亡くなった爺さまがまだ存命だった龍玄の四歳ごろ、当時、一家が住んでいた湯島妻恋町の裏店の明地で、早朝、爺さまと父親が真剣で素振りをしている隣に龍玄も並び、父親の木刀で素振りを真似たのが、なお厳密な意味において、剣術修行の先駆けと言えなくもない。

爺さまは、小伝馬町の牢屋敷で執行される、首打役の《手代わり》を務めていた。小伝馬町牢屋敷の首打役は、町奉行所の若い同心の役目だが、町奉行扱いにより、首打役の《手代わり》が認知されていた。爺さまは、首を刎ねた罪人の胴を試し斬りにして、執刀の利鈍を鑑定し、謝礼を得る刀剣鑑定を生業にしていた。

客は高禄を食む旗本が多く、希には、大名家につらなる一門よりの依頼もあった。

長い太平の世が続き、商人を中心にした町民の力が増す一方で、武家の間では優れた刀剣への需要がかえって高まっていた。優れた刀剣、すなわち、試し斬りの鑑定書付の《名刀》は、裕福な武家の嫁入り道具として重宝された。

将軍家の佩刀にも、腰物奉行扱いによる《御試し御用》があって、代々山田浅右衛門を世襲する山田家が、所謂、《手代わり》を務めていた。

牢屋敷の刑場には、刑を執行する《切場》のほかに、試し斬りのための《様場》があった。首打役の町奉行所の若い同心には、奉行所より打役刀の研代二分が出る。首打役の同心は、その二分のうえに《手代わり》からも礼金が得られたのである。

刀剣鑑定の手間代である謝礼は、大抵、二十両を超える数十両。大名家につらなるほどの大家の依頼なら、百両、あるいは二百両を超える場合も珍しくなかったと、龍玄はのちになって知った。もっとも、爺さまにそれほどの依頼はなかったようだが、爺さまの生業を継いだ父親の勝吉には、安永八年、さる大名家より差料の鑑定依頼があって、裃を着けた勝吉が、頬を紅潮させて、使者を取次の間に恭しく出迎えた様子を、そのとき十二歳だった龍玄は覚えている。

すなわち、仕える主家を持たず、身分のない浪人ではあっても、別所家の暮らしは貧しくなかった。七十俵に何人扶持かの、しかも三番勤めの御徒町の御家人より、暮らし向きはずっと裕福だった。これものちになって知ったことだが、龍玄の母親の静江は、御徒町の、内職に明け暮れる貧しい御家人の末娘で、末娘なら首打役でもまあよいかと、湯島妻恋町の裏店暮らしだった別所家に、わけもわからぬまま嫁がされたらしかった。

爺さまと父親は、上背が五尺八寸余あり、小柄な母親の静江が見上げなければならない大男だった。締まった身体つきながら、肩幅は広く分厚く、長い手足に太い腰廻りの全身に膂力の漲る、そんな爺さまと父親が、真剣の素振りを虫の羽音のように、ぶん、ぶん、とうならせて繰りかえすと、やがて、二人の全身から白い湯気が、炎のようにたち上った。真剣の素振りは、爺さまと父親の日課の鍛錬だった。爺さまはすでに生業を父親に継がせ、隠居の身になっていた。だが、父親の首打役に粗相がないよう、腕に力をつけるだけではなく、真剣を、自分の身体の一部になるまで馴染ませよと、隠居になってからも朝の日課の素振りを続け、父親の稽古相手になっていた。

四歳の龍玄は、まだ手に余るほどの木刀をつかみ、爺さまと父親の素振りを真似るものの、初めはついていくことができなかった。二人の素振りにどんどん遅れていき、足元がふらつき、仕舞いには坐りこんで動けなくなった。

「なんだ、龍玄。これ式の稽古で、もうへたばったのか。もっと頑張らぬか」

父親の勝吉は、ぐったりとなった龍玄へ、汗だらけの顔を紅潮させて言い、

「よいよい。よくやった。龍玄も大きくなればできるようになるぞ」

と、爺さまは褒(ほ)めてくれ、ともかくも、龍玄の剣術修行の始まりは、その朝の素振りからだったかもしれなかった。

だが、その剣術修行は長く続かなかった。母親の静江が、大男二人の、うなりを上げる真剣の素振りのそばで、幼い龍玄が素振りの真似事をするのは、危ないのでやめてください、と強く反対した。

「武士の子なのだ。よいではないか」

不満げに言う父親に対して、

「静江の心配はもっともだ。万が一の事態があってはならん。龍玄は、わしらとは離して素振りをさせたほうがいい」

と、爺さまが言ったので、それからは、爺さまと父親から離れた素振りになった。けれど、それでは爺さまと父親の、身体から湯気を上らせるほどの、熱い息(い)

吹とか熱気が伝わってこず、つまらなくなっていつの間にかやめてしまったのだ。

龍玄が五歳になった春の初め、爺さまが卒中で倒れて亡くなった。その年の秋、湯島の妻恋町から、本郷下の無縁坂講安寺門前の住居に、両親と龍玄の一家三人は引っ越した。無縁坂をくだると不忍池で、対岸の上野の御山に、深い木々が囲む寛永寺の甍が大空の下に望めた。こぢんまりした住居ながら、板塀と引違いの木戸門があって、前庭の踏み石が形ばかりの玄関式台まで並んでいた。

父親の勝吉は、その無縁坂の住居の庭で、朝の日課の真剣の素振りを、変わらずにこなした。そして、ふと、龍玄の剣術の稽古がおろそかになっていることを思い出し、気にかけた。勝吉は、自分が親から継いだ刀剣鑑定の生業を、当然、倅の龍玄も継ぐものと思いこんでいた。父親と倅とはそういうもので、それが正しき人の道なのだと、疑っていなかった。このままにはしておけん、と勝吉自ら龍玄に剣術の稽古をつけ始めた。

勝吉は、幼い龍玄を怒鳴りつけたり手を出すようなことはしなかった。親から譲り受けた大きな身体と、四肢に秘めた膂力が凄まじく、戯れに手を出しただけでも、人に怪我を負わせる恐れがあることを、わかっていたからだが、それゆえか、普段の勝吉は朗らかで、むしろ、気の優しい父親だった。

ところが、勝吉の剣術の稽古は思いどおりにいかなかった。父のやるとおりにやるのだぞ、と自らやって見せ、龍玄にやらせるのは間違っていなかった。だが、五歳から六歳になる幼い龍玄が、勝吉のやるとおりにできないと、勝吉はすぐ不機嫌になった。違う、そうではない、とその都度口喧しく咎めて、父のやるとおりにするのだ、こうだ、と同じことを繰りかえし、それでもすぐに上達しない龍玄に、何度言えばわかる、と苛だちを募らせた。

勝吉のつける稽古は、幼い倅のそばまで近づき、父親らしく、倅にどこまでも寄り添う辛抱強さに欠けていた。たとえば、木刀を真っすぐふりかぶり、真っすぐ打ちこむ素振りひとつにしても、素振りが右へわずかによれていたとき、利き手の右腕と左腕の力に差があるため、左腕に力をつければよいという、筋道だった稽古のつけ方には、思いいたらなかった。勝吉は、自分がわかっていれば、幼い龍玄も当然わかっているものと、思いこんでいた。だから、倅のできない理由がわからなかった。なぜできぬ、情けない、この子には持って生まれた資質がないのか、などと落胆し、勝吉のほうが先に根気負けして、稽古をつけるのに厭いてしまったのだ。

それで、勝吉の稽古も三月余でうやむやになった。以後は、大沢道場へ入門するまで、龍玄は、剣術の稽古を一切しなかった。

　龍玄は四歳ごろから、牢屋敷の首打役、という父親の務めがどういうものかを、知ってはいた。爺さまと父親が、裏店の明地で真剣の素振りをしていた、あの真剣の先に人の首があることを、幼いなりに、ぬるぬるとした肌触りのように感じていた。父親の生業の所為(せい)で、界隈(かいわい)の子供らの遊び場でも、龍玄はいじめられた。おっかねえとか、汚ねえとかと、からかう子供らと喧嘩になったこともあった。喧嘩になると、相手が年上であろうと何人であろうと、組み伏せられ痛めつけられても、泣いたり逃げたりはしなかった。向きになってひとりで果敢(かかん)にたち向かう、そういう子供だった。

　でありながら、龍玄のそういう気性が剣術に結びつくことはなかった。自分が父親の生業を継ぐのかどうかも、考えがおよばなかった。大沢道場に入門するまで、龍玄は剣術に関心がなかった。どちらかと言えば奥手(おくて)で、ぼんやりとしたところのある、子供らしい好奇心は旺盛ながら、遊び好きで無邪気な、芽生えにも気づきにも乏(とぼ)しい、龍玄はそういう凡庸(ぼんよう)な童子だった。

二

龍玄が大沢道場に入門した安永六年、道場主の大沢虎次郎は、まだ四十前だった。生まれは羽州米沢藩上杉家の要職に就く名門で、虎次郎は次男の部屋住みだった。城下の一刀流道場で修行を積み、若くして上杉家の家中では、大沢虎次郎の名を知らぬ者がいないほどの、藩屈指の練達の士となった。

剣の道を志した大沢虎次郎が、主家より暇の許しを得て出府し、数年をへて、本郷菊坂臺町喜福寺裏に、一刀流道場を開いてから、およそ十年の歳月がすぎていた。

本郷の大沢道場は、江戸市中にあって、武家のみならず、剣術熱の昂じていた町民の間でも、最も評判の高い道場のひとつだった。道場主大沢虎次郎の、達人の評判は言うにおよばず、門弟らを導く師としての人品骨柄においても、優れた申し分のない武士と知られていた。

その前年の秋、別所勝吉という屈強な体軀の男が、青白く痩せた、小柄な倅をともなって道場に現れ、倅を入門させたいと、申し入れてきた。勝吉は、大きな

身体を決まり悪そうに縮め、

「それがしは……」

と、小伝馬町牢屋敷の首打役を務め、同じ牢屋敷の様場にて罪人を試し斬りにした刀の、利鈍の鑑定を生業にしております、と言った。刀剣鑑定によって知己(ちき)を得た旗本より、本郷ならば大沢道場と教えられ、虎次郎も面識のあるその旗本の添状(そえじょう)を差し出した。勝吉は、倅もいずれは、わが生業を継がねばならぬのですが、じき十歳になりますのに、剣術の稽古には一向に身を入れようとせず、遊んでばかりおりまして、と倅の行末(ゆくすえ)をだいぶ案じていた。

広い板間の、しんと静まりかえった剣道場に、虎次郎は正面の壁に祀った神棚を背にして、父親と倅に対座していた。いくら身を縮めても大柄な父親の隣に、ちょこなんと坐っている小柄な倅は、少し気恥ずかしそうな素(そ)ぶりながら、青白い顔にぱっちりと見開いた目の澄んだ、愛くるしい童子だった。虎次郎は、倅をまじまじと見つめて言った。

「龍玄さんは、剣術の稽古が、好きではないのですか」

龍玄は、この冷たく恐ろしげな道場の一番偉いに違いない大人から、龍玄さん、と丁寧な口ぶりで問われて、吃驚(びっくり)した顔つきになった。

「好きではない剣術の稽古に、龍玄さんは、通うことができますか」

虎次郎はにこやかに、なおも問いかけた。龍玄は青白い頬をほのかに赤らめて、もじもじした。

「龍玄、ちゃんとお答えするのだ」

と、勝吉が横から口を出した。龍玄はもじもじしつつ、小さな声で言った。

「剣術の稽古を、好きとも嫌いとも、思ったことはありません」

「もっと、はきはきした声で」

勝吉がまた口を挟んだ。

「思ったことがないというのは、稽古をしたことはあるのですね」

「稽古をした？」

龍玄は首をかしげた。すると、勝吉が代わって言った。

「ございます。剣術の基（もとい）となる素振りを、みっちりと仕こみました。それから、剣術の深き道理を得るため、厳しき朝鍛夕練（ちょうたんせきれん）を課しましたが、残念ながら、どうも倅は不器用と申しますか、向いておらぬと申しますか。長くは続かず、それでは、わが生業は誰が継ぐのかと……」

「別所どの。心配はご無用です。当人に語らせましょう」

虎次郎は勝吉を押し止め、龍玄へ穏やかに言った。

「龍玄さん、稽古はしていたのですね」

「はい。むかし、爺さまがいたころ、爺さまと父上が素振りをしていたのを真似て、わたしも素振りを始めました」

まだ九歳の龍玄の、むかし、という言葉遣いがおかしく、虎次郎は思わず笑った。

「剣術の稽古を、好きと思わないのはわかります。しかし、嫌いとも思わないのは、なぜですか。好きと思わない、嫌いとも思わない。そのわけを聞かせてください」

龍玄はすぐには答えず、考えていた。勝吉がもどかしそうにしたが、勝吉もわからぬのか、首をひねった。

「虎次郎さん」

と、龍玄が虎次郎に言った。勝吉が慌ててたしなめた。

「これ、無礼だぞ。大沢先生、とお呼びするのだ。言葉に気をつけなさい」

「別所どの、よろしいのです。龍玄さん、どうぞ」

虎次郎は龍玄へ頬笑んだ。

「大沢先生」

龍玄は姿勢を健気に正し、言葉を改めた。

「剣術の稽古をすると、強くなるのですか」

「強くなります」

「強くなるとは、どういうことなのですか」

あ？　と隣の勝吉が、龍玄の問いかけの意味がわからず、怪訝そうな顔つきをした。虎次郎は、頰笑みのまま、しばしの間をおいた。そして言った。

「むかし、ずっと昔ですよ、龍玄さんは楽しく遊んだ覚えがありますか」

「むかしは、湯島の天神様の境内で、みなと遊びました」

「湯島天神の境内で、ご近所の知っている仲間と遊んだのですね」

「はい。毎日遊びに行きました。いつも知っている子がいるし、いなくてもすぐに誰かくるし、かくれんぼとか、草履隠しとか、かごめかごめとか、縄跳びもやりました。ちょっとぐらいの雨でも、遊びに行きました。雪が降ったときは、雪合戦をやりました」

「そうですか。楽しかったでしょうね」

「楽しかったです」

「今も、湯島天神へ遊びに行くのですか」

「今は行きません」

「なぜって……」

「今は行かない？　なぜ」

龍玄は首をひねった。

「知っている子がいなくなったし、むかしみたいに、楽しくないからです」

「では、今、龍玄さんの楽しいことはなんですか。このごろ、龍玄さんは何か、楽しいこと、面白いことをしましたか。遊びでなくてもいいのですよ」

龍玄は、束の間、考えた。

「こないだ、鉄砲洲の浪よけ稲荷に、行きました」

「鉄砲洲の浪よけ稲荷へ。遠いですね。お参りに行ったのですか」

「お参りはしました。でも、船を見に行ったのです。鉄砲洲の川の先に海が見えて、大きな船が沢山並んで、泊まっていました。佃島も見えて、佃島のずっと向こうまで海ばっかりで、遠くにも船が浮かんでいました。ちょっとしょっぱい臭いや、魚の臭いが臭かったです。鳥がうるさいぐらいに鳴いて飛び廻って、海にも川にも小船が荷物を一杯積んで、行ったりきたりしていました」

「鉄砲洲沖には、沢山船が泊まっています。龍玄さんは、船が好きなのですか」

「手習所のお師匠さまに、習いました。鉄砲洲とか品川とかに行けば、遠い西国のほうから沢山の荷物を運んで江戸へくる、西廻りの千石船とか二千石船とかが、見られるって。それから、北国の東廻りの大きな船も、江戸にくると習いました」

「ほう、龍玄さんは手習所に通っていて、お師匠さまに習ったのですね。船の好きな手習所のお友達とみなで、行ったのですね」

「わたしひとりで行きました。みな、鉄砲洲までは遠いからいやだって言うし」

「ええっ。龍玄、ひとりで鉄砲洲まで行ったのか」

驚いたのは勝吉だった。目を丸くして、声を張り上げた。龍玄は勝吉を見上げ、こくり、と頷いた。

「だ、だめじゃないか。おまえのような子供が、ひとりで鉄砲洲まで行って、途中で何かあったらどうするのだ」

「何かって？」

「何かって、だから、途中の寂しい道に出てくる、人さらいやら、追剝やら、子供では敵わない、物騒な、何かだよ」

「でも、鉄砲洲までずっと賑やかだったよ。寂しい道はなかったよ。無縁坂のほうが寂しい道だよ」

「そ、それはだな。ちょっと違うのだよ。なんと言うか、ねえ、先生」

勝吉は、困った顔を虎次郎に向けた。虎次郎は、父親と倅のやりとりがおかしくてならなかった。

「龍玄さん、鉄砲洲沖の大きな船を見て、楽しかったのですか」

「どきどきしました」

「湯島天神で遊んでいたときは、大きな船のことを知らなかったし、見たこともなかったのに、今は、西廻りや東廻りの大きな船を知っているし、鉄砲洲沖でその船を見て、どきどきしたのですね。龍玄さん、剣術の稽古をして強くなれば、稽古をする前には知らなかったことを知り、見たこともない何かが見えて、鉄砲洲沖の大きな船を見たときのように、どきどきするかもしれませんよ。それが何かは、龍玄さんが剣術の稽古をして、自分で知り、自分で見るのですから、わたしには何が、とは言えません。ですが、知らないことを知り、見たこともなかった何かを見に行く、剣術の稽古をして強くなるとは、きっとそういうことなのだと、わたしは思うのです。龍玄さん、まずはこの道場に通って、お試し稽古を始めてみませんか。お試し稽古を始めて、剣術の稽古が、やはり好きになれないのであれば、いやなら、やめるのは勝手です。しかし、続けてもよいかなと思ったなら、入門して、苦しくてもつらくても、面白くなくても、ちゃんと道場に通って、稽古に励むのです。何を知るのか、何が見えるのか、今はわからなくても、剣術の稽古を続けるのです。それを知り、それを見るまで、たぶん、長いときがかかると思います。しかし、もしかしたら案外短いかもしれない。それは龍玄さん次第です。いかがですか」

虎次郎が笑みを絶やさず言うと、龍玄と勝吉がそろって、呆然とした顔つきを見せた。それから勝吉は、感心してしきりに首を縦にふった。小柄な龍玄は、わかったのかわかっていないのか定かではない素ぶりで、こくり、とまた頷いた。

三

太平の世が続き、武芸十八般の中でも剣術修行は、かつての諸流の組太刀、すなわち、打太刀、仕太刀の形や、剣心一如に基づいた技法と心法の伝承が廃れて、面と籠手の防具を着け、竹刀で散々に打ち合う、試合稽古が主流になっていた。

雄叫(おたけ)びを発し、俊敏に躍動し、竹刀を激しく繰り出し、ひたすら叩き合うのである。

大沢道場も、組太刀の伝承はしていたものの、試合稽古をとり入れ、門弟の数は、子供から大人まで、二百人を超えていた。多くは公儀直参(こうぎじきさん)の旗本御家人の子弟だったが、町民や龍玄のような浪人の子弟も、少なからずいた。大沢道場一と言われる気鋭の師範代と、その下に二人の助手(すけて)がいて、大沢虎次郎の指導の下、若衆(わかしゅ)や子供ばかりではなく、二十代から三十代、師匠の大沢虎次郎より年長の四十代もいる門弟の稽古をつけていた。

年が明けた安永六年の正月下旬、龍玄はお試し稽古の期間を終えて、大沢道場に入門した。

道場に入門してから、一年、二年、三年、とときがすぎていき、童子が若衆へと姿を変えていく途次の龍玄は、門弟の間では見こみのある年少の若衆のひとり、という以外に、目だったところはなかった。少々勝気ではあったものの、普段は大人しく、素直で、同じ年少の若衆より特に抜きん出ている、ということもなかった。

しかし、虎次郎は、十歳の龍玄が入門して、若衆と呼ばれる歳になるころまでに、大沢道場の中で、龍玄の天資に気づいていた、ただひとりであった。おそらく、父親の勝吉も、倅の天資に気づいていなかっただろう。

幼さという殻に隠れ、果てもない長いときを眠っていた龍玄の天資は、ようやく、幼さの殻が干からび、ひび割れていることに気づき、不承不承、顔を出して立ち上がり、羽を大きく広げ、羽ばたき始めた。それは戸惑い、途方にくれつつも、飛びたつしかないかのように、飛びたち始めたのだった。

虎次郎は、まだ童子の面影を残した龍玄の天資に気づいたとき、このような者がいるのかと、驚いた。畏敬の念すら覚えた。虎次郎はそれを、機の変化の知、応変の敏、捌きの妙、と評した。だが、言葉にしたその瞬間、それは、掌に掬った水が果敢なくこぼれていくように、たちまち色褪せ意味を失い、龍玄の天資の何事をも語り得ぬおのれの無力に、虎次郎は向き合うことになった。のみならずそれは、龍玄にしか具わっていない天の定め、と言うべき何かであり、龍玄になれる者は、龍玄しかいない何かであって、虎次郎はただ、別所龍玄という一個の男の傍らにいて、天資の羽ばたきを見守る、卑小な器しか持たぬおのれ自身と向き合わざるを得ない、ということでもあった。

龍玄は、十二歳になると、幼いころから通っていた手習所を退き、湯島の昌平黌に通い始めた。そして、翌年の十三歳の春、御徒町の伯父が烏帽子親となって、月代を剃り元服の儀式を執り行った。父親の勝吉が、十三歳の若衆になってなお、幼さの残る龍玄の元服を急いだのは、いずれは跡を継がせる牢屋敷の首打役の心得を身につけさせるためにも、元服は早いにこしたことはないと、考えたのに違いなかった。

まだ背が伸びきらず、小柄で痩せた童子の面影を留めていた龍玄が、小さな一文字の髷を、青々とした月代に載せて道場へ現れたとき、そのちぐはぐな様子が滑稽だと、同じ年ごろの門弟らの失笑を買った。

しかし、龍玄は門弟らの失笑を買い、からかわれても、気にかけなかった。無理やり大人びさせた見かけが変わったばかりで、ほかは変わらず、平気な素ぶりで稽古に励んでいた。ただそれ以後、龍玄は月代を剃らなかった。ときがたって月代が伸びてからは、師の虎次郎を真似るかのように、総髪に髷を結い、むしろ、いっそう無理やりに大人びさせて拵えたのだった。

すると、そのとき門弟らは、龍玄の姿を笑わなかったし、からかわなかった。それまでは、ちびの痩せ法師で、牢屋敷の不浄な役目を務める浪人者の倅ごとき、と卑しめ、とりたてて言うほどのこともない者、と軽んじていたのが、師を真似て無理矢理に大人びさせて拵えた龍玄の姿に、それまでは知らなかった、微渺な気配を感じ始めたかのように、定かには見えない深い霧の奥で、ぼんやりと蠢く不気味な影に、ふと、気づかされたかのように、門弟らはもう誰も龍玄を笑わず、からかわなくなった。

そうしてそれは、やがては誰の目にも明らかに見えるときが、くるのに違いなかった。明らかに見えても、見ぬ者、気づかぬ者はいるけれども。

四

龍玄が十四歳になったその年の四月二日、安永の世が天明元年（一七八一）に変わった。

その年の夏は、前年よりの不作の影響がおよんで、諸国に打ちこわし、強訴、愁訴、暴動などの一揆が頻発した。秋になった八月、上州甘楽郡高崎領において、五十三ヵ村二万人の大暴動が起こり、一領国の暴動の余波が、江戸にもおよぶのではないかと、江戸市中でも大きな騒ぎになった。

後世に絹一揆と言われる上州高崎領で続いた暴動や強訴などの騒ぎが、一応の収束を見た九月、江戸神田祭の当日、祭りの人出で賑わう市中各所に、群衆の喧嘩騒ぎが起こった。しかも、喧嘩騒ぎを収めるために出役した町方同心が、逆に群衆の襲撃を受け、湯島一丁目では町方が頭を割られ、三河町では、町方が大小を奪われる、という事態まで起こった。町奉行所よりの応援が出役して群衆をとり鎮め、下手人を捜したものの、日ごろよりお上への不満を溜めていた町民は、誰ひとり町方に協力せず、下手人は不明のままだった。

不安な世情が続く九月のある日、大沢道場で稽古をしていた門弟のひとりが、大きな怪我を負った。門弟は、虎次郎も師範代も認めるほどの、伸び盛りの十九歳の若侍で、名を晋五と言い、新番衆組頭の旗本山本重之助の倅だった。

その日、日暮れ前までの稽古を終え、門弟らが三三五五、帰宅の途についていたころ、晋五と仲間の三人の門弟が、道場に残って稽古を続けた。大沢道場では、稽古が終ったあとでも、門弟らが個々の裁量で自由稽古を続けることが認められていた。そのときの稽古で、晋五の頭が割れ、顔面が血だらけになるほどの怪我を負った。

たまたま、その日の夕刻、虎次郎は師範代とともに、上杉家江戸屋敷の重役に呼ばれて出かけていた。師範代助手の大人らも、すでに帰途についており、道場で稽古を続けていたのは、数人の若侍や若衆のみだった。

虎次郎が晋五の怪我を、若党(わかとう)の宗次(そうじ)に知らされたのは、夜更けに上杉家江戸屋敷より戻ってからだった。宗次は、住居のほうで家内の用をしていて、晋五が怪我を負ったわけを知らなかった。道場に何人かが残り稽古を続けていたのが、突然、尋常ではない叫び声と、晋五、晋五、と呼び続ける声が聞こえた。不審に思い様子を見に行くと、晋五が血の垂れる頭を抱えて倒れて、「痛い痛い」と喚(わめ)き、周りをとり巻く若衆らは、「大丈夫か」「しっかりしろ」などと、しきりに声をかけていた。急いで本郷通りの医師畑山順啓(はたやまじゅんけい)を呼んで、怪我を診せた。

医者は晋五の頭を晒(さらし)でぐるぐる巻きにし、重傷だが骨は大丈夫だ、皮が破れてだいぶ血が出たようなので、疵(きず)がふさぐまで安静にするようにと指示して帰った。それから、座敷に寝かせて安静にしている間、晋五は痛みが治まらぬようでうめき続け、そのうちに屋敷に帰りたい、ここではいやだと、子供のようにべそをかき始めた。仕方なく、つき添っていた仲間の門弟らが、大八車を近所から借りてきて、晋五を乗せて屋敷へ帰って行った。若党は虎次郎にその事情を伝え、

「晋五さんは、どうやら龍玄さんと試合稽古をしていたようです。何ゆえ、頭にあんな怪我を負ったのか、子細はみな黙っておりますので、わかりませんが」

と言い添えた。

虎次郎は不審を覚えた。普通に考えれば、防具を着けて竹刀で打ち合う試合稽古で、頭から血を流すほどの怪我を負う事態は、考えにくかった。晋五の試合稽古の相手が龍玄であったことも、怪我とかかり合いがあるのか。もしかすると、試合稽古だけでは終らなかったのか、と虎次郎は懸念した。

翌日、おそらく怪我の養生のため、晋五は道場の稽古を休んだ。晋五を大八車で屋敷に連れ帰った門弟らも、まだ道場に姿を見せていなかった。

虎次郎は、道場にきた龍玄と、龍玄と一緒に残って自由稽古をしていた、尚助と藤吉を座敷に呼び、晋五が怪我を負った昨夜の子細を質した。尚助と藤吉は町民の倅で、龍玄と同じ十四歳ながら、幼い童子のころから入門していた、元服前の若衆だった。三人から話を聞き、事情が次第に明らかになった。

昨日、日暮れ前までの稽古が終ったあと、晋五と久之助、十右衛門、道三郎の四人が自由稽古で道場に残り、組太刀の形の稽古を続けていた。その晋五らとは別に、龍玄、尚助、藤吉の三人は、道場の片隅で素振りを行っていた。尚助と藤吉は、同い年の龍玄の技量の上達の速さに日ごろより感服し、昨日は二人のほ

うから、

「龍玄さん、やって行かないか」

と、自由稽古に誘ったのだった。晋五らの組太刀の稽古が終ったら、三人で代わる代わる試合稽古を始めるつもりだった。

晋五ら四人は、歳は龍玄らより四つ、あるいは五つ上だったし、何より、新番衆や御先手組の旗本御家人の家柄で、町民と浪人の子弟の龍玄ら三人とは、身分が違っていた。大沢道場の稽古に身分の違いはなかったが、自由稽古ではそうはいかず、三人は晋五らの邪魔にならないように、道場の片隅にいた。

ところが、晋五らは組太刀の稽古を早々に切り上げ、道場の中央で車座になり、今年の不穏な世情の話を始めたのだった。四人が声高に交わす談論が、龍玄らに聞こえ、殊に天明元年となったこの年の五月以降、諸国で続いた一揆や、上州高崎領の農民らの暴動を、晋五の論難する言葉が激しかった。久之助、十右衛門、道三郎が晋五に同調し、お上に楯突く愚かな百姓どもは、みな打ち首にすべきだとか、高崎領の暴動では、胡乱な浪人どもが、百姓どもを煽動しておるらしい、とかの声が続いた。さらにひとりが、先だっての神田祭の喧嘩騒ぎで、町方を襲ったのは、不平不満を募らせた貧乏浪人どもの仕業だそうだ、と言った。

「あいつらは、食い扶持を求めて江戸に流れてきた物乞いにすぎぬ。素性も知れぬのに、勝手に武士とほざいておる。あいつらは、江戸の町を汚しておる芥だ。うす汚い芥は、江戸から一掃せねばな」

そんなやりとりが続いて、終りそうになかった。それで尚助が、

「今日はもう、よそうか」

と、二人に言った。

「そうだな。よそう」

藤吉がこたえ、龍玄も頷いた。三人は素振りをやめ、帰り支度を始めた。すると、晋五らは急に黙って、車座のまま三人が帰り支度を始めたのを、凝っと見つめた。防具と竹刀をかつぎ道場を出かけたとき、晋五が険しい言葉を投げつけてきた。

「おまえら、それで稽古は終りか。自由稽古は遊びでやるものではないぞ」

三人は戸惑い、顔を見合わせた。尚助が道場の戸口の前で坐りなおし、

「今日はこれまでにいたします」

と手をついて礼をした。藤吉と龍玄も尚助に倣った。三人は手をついて、ありがとうございました、と声をそろえた。

すると、晋五が立ち上がって近づいてきた。久之助、十右衛門、道三郎も晋五に続いて立ち上がった。四人は、組太刀の稽古に使う木刀を手にしていた。

「龍玄、おまえのおやじは、牢屋敷の首打役の手代わりらしいな。首を落とした罪人の胴体を斬り刻んで、刀剣鑑定で稼いでおるのだろう。つまり、おまえら一家は不浄な罪人の胴体を食いあさる烏のように、暮らしておるわけだな。おまえは烏の子か」

晋五が言い、四人はどっと笑った。

「龍玄、おまえのおやじは、神田祭の日はどこにいた。胡乱な貧乏浪人どもと徒党を組んで、町方を襲っていたのか」

久之助が言った。

「町方の刀を盗んだのは、おまえのおやじだろう。刀をかえしてやれ。町方が困っておるではないか」

四人は、着座した龍玄ら三人の周りを囲んで、にやにやした。龍玄はほのかに赤らんだ顔を伏せ、何も言いかえさなかった。尚助も藤吉も、黙ってうな垂れていた。

「龍玄、近ごろずいぶんと腕を上げているようだな。どれほど腕を上げたか、見てやる。防具を着けろ。稽古だ。こい」

晋五が言った。龍玄はためらい、動かなかった。晋五の目つきが、龍玄を嘲っていた。立ち上がらない龍玄に、晋五は執拗に言った。

「どうした。稽古がいやなのか。おれが稽古相手になってやるのだ。町民どもの物好きの剣術ごっこではない。本物の武士の稽古だ。ありがたく思え。氏素性の知れぬ浪人の倅でも、おまえは武士だと思っているのだろう。恐がるな。ほらこい。龍玄、こい」

「さっさと立て、稽古をつけてもらえ」

「武士らしいところを見せろ」

と、久之助ら三人が煽るように言った。

晋五はひらりと身をひるがえし、道場の中央へ戻って行った。龍玄は、防具をゆっくりと着け始めた。久之助ら三人は龍玄を見下ろし、へらへらとうす笑いを投げた。尚助は不穏な気配を察し、

「人を呼んでこようか」

と、龍玄にささやきかけた。すると、面をかぶった龍玄は、面を左右に小さくふったのだった。

「おまえらもこい。龍玄が晋五さんに本物の稽古をつけてもらうのを見て、勉強するのだ。行け行け」

十右衛門が、尚助と藤吉を追いたてた。

晋五は、道場の中央で稽古着の袴をそよがせて龍玄へ向きなおり、木刀を右わきへ垂らした。防具を着けようとせず、竹刀に持ち替えもしなかった。

龍玄は籠手を着け、竹刀をつかんで立ち上がった。このころ、試合稽古の防具は、稽古着に襷をかけ、面と籠手を着けるだけである。龍玄は、道場中央の晋五の前へ、ゆっくりと進んで行った。

二人が向かい合うと、背の高い晋五の体軀が際だった。青白い顔に険しく凍った目が、龍玄へ凝っと向けられていた。一方の龍玄は、晋五よりだいぶ小柄で痩せていた。双方の力の違いは、誰の目にも歴然として見えた。

「まどろっこしい。それだけの支度に、ぐずめが。かまえろ。始めるぞ」

晋五が木刀を正眼にとった。龍玄は竹刀をかまえなかった。

「晋五さん、防具を着けてください」

龍玄が面の下で言った。晋五は冷笑をかえした。

「これでよい。防具は要らん。こっちは木刀を使う。怪我をせぬよう手加減をしてやるから、恐れることはない。おまえは、おれを一刀両断にするつもりで、思いきり打ってこい。よいか、真剣のつもりで稽古をするのだ。そうでなければ、実戦には役にたたぬ。さっさとかまえろ。それでは、罪人ども相手の首打役すら務まらんぞ」

正眼のかまえで、晋五は一歩進んだ。

龍玄は退(さが)らなかった。ただ、しばしの間をおき、しばし晋五を見つめた。それからようやく、竹刀を中段にとった。だが、晋五の圧力に怯(ひる)んでいるのか、中段のかまえが定まらなかった。竹刀が上下に、わずかに波打っていた。

「打ってこい。どうした。臆病な烏め。こっちが行くぞ」

晋五が、さらに一歩を踏み出すふりをして床を鳴らした。そして、威嚇(いかく)するように、

「とりやあ」

と、喚声(かんせい)を発した。

その一瞬、龍玄が動いたのは間違いなかった。そのとき、尚助にも藤吉にも、竹刀が鳴ったのは聞こえ、龍玄がいつの間にか、晋五の背後に立ち位置を変えたのはわかった。けれど、龍玄が晋五のわきを、どのように通り抜けたのかが、ほ

んの一瞬だったため、二人には、はっきりとは判断がつかなかった。幻影のようなものが見えた、という感じは残ったものの、定かではなかった。龍玄の打ちこみが、晋五の脳天の、百会から額へくだるあたりを割ったのは、皮が破れて血が噴きこぼれて、晋五の顔にだらだらと垂れたので知れた。それから、晋五の落とした木刀が、道場の床にからんと鳴り、晋五は疾風に吹かれて、一旦後ろへ靡くような仕種をして、それから俯せに倒れた。頭を両掌で抱え、

「ああ、痛い痛い痛い……」

と、泣き喚きながら床を転がった。道場の床が血で汚れ、久之助ら三人はうろたえ、晋五、大丈夫か。晋五、晋五さん、と呼び続けるばかりだった。

虎次郎は腕組みをして、尚助と藤吉の話を聞きながら、龍玄の様子を絶えずうかがった。自分のことなのに、龍玄は語ろうとはせず、膝に手をおいて少し俯き加減で、二人が話すのを聞いているばかりだった。

「龍玄、二人の話に間違いないのか」

虎次郎は龍玄に念を押した。

「間違いありません」

　としか、龍玄は言わなかった。尚助が龍玄を庇（かば）うように言った。

「晋五さんは油断なさっていました。防具を着けなかったのは、晋五さんがご自分でそうなさったんです。龍玄さんを侮っていたからです。龍玄さんは、防具を着けてくださいと言ったのに」

「そうか。相（あい）わかった。今の話を聞く限りは、試合稽古で起こった災難と言うべきだな。晋五も大人だ。わかっておるだろう。大事にはなるまい。だが、血を流すほどの怪我をしたのは確かだ。見舞いに行かねばな。龍玄も行くのだ。よいな」

「はい」

　と、龍玄は素直に頷いた。

　虎次郎は牛込御門内（うしごめごもんない）の山本家に、晋五の見舞いにうかがいたい、という旨の書状を若党の宗次に即刻持たせた。すると、一刻（いっとき）（二時間）ほどで宗次が持ち帰った晋五の父親山本重之助の返書の内容は、意外なものだった。昨日の晋五が負わされた怪我の子細について、いささかの疑義（ぎぎ）があり、今夕、当方より大沢道場へうかがう、というものだった。そして、昨日の経緯を確かめるため、面談は道場において行い、その場には別所龍玄の立ち会いを、必ず求める、ともあった。

虎次郎は、なんだこれは、と返書を手にして不快に思った。まるで、奉行所の触書（ふれがき）か通達のような、新番衆組頭の旗本の身分を笠に着た高飛車な文言だった。

五

その日の自由稽古はとりやめとし、夕暮れどき、道場に四灯の燭台（しょくだい）を灯（とも）し、山本重之助の来訪を待った。

山本重之助と、そのほかの面々が現れたのは、道場の縁廊下側の、裏庭にわだかまっていた日の名残りが、宵の帳（とばり）にまぎれて消えたころだった。重之助のほかに、晒を痛々しく頭に巻き、それを頭巾（ずきん）で隠した倅の晋五、久之助、十右衛門、道三郎の四人、そして、いずれも三十前後と思われる、壮年と言うべき年ごろの屈強な侍三名が従っていた。侍たちは、黒や紺、濃い鼠色（ねずいろ）の羽織袴姿だった。

宗次が道場へ案内し、そのあとから虎次郎は、龍玄と尚助と藤吉の三人をともなって道場に入った。尚助と藤吉は、わたしたちも同座させてください、と申し入れたのだった。二人の言い分を聞くこともあると思われ、虎次郎は同座を許した。

道場は正面の壁面に神棚を祀り、左右の壁には木刀や竹刀をかけ、門弟の名札が並び、一角の棚には、面と籠手の防具がそろえられていた。道場の雨戸を開け放った先の裏庭には、宵の暗がりが幕を閉じ、燭台の明かりは殆ど届かなかった。

虎次郎と重之助は、神棚を祀った正面を片側にして対座した。重之助は、ひと重の目に頬骨がやや高く、獅子鼻の下の反っ歯がうすい唇の間から少し見えていた。虎次郎を凝っと見つめる目つきが、不機嫌そうだった。左後ろに晋五ら四人、右後ろに侍三人が居並んでいた。一方の龍玄、尚助、藤吉は、虎次郎の右後ろに畏まった。

虎次郎は、昨日の稽古の場にいた三人に改めて名乗らせた。そして、重之助にわざわざの来訪の辞儀を述べ、昨日の稽古で怪我を負った晋五の今の容体などを訊ね、見舞いの言葉を伝えた。すると、重之助は、虎次郎の辞儀や見舞いにこたえるのではなく、ひと重の目を細め、いっそう不機嫌そうな顔つきを見せると、冷やかに言った。

「大沢さん、見舞いを申されても、おこたえのしようがない。あたり障りのない挨拶をするためにお訪ねしたのではありません。返書にも認めました。昨日の、倅がこれほどの大怪我を負わされた経緯には、捨ててはおけぬ疑義がござる。ゆえに、それを明らかにするために参ったのです。この度の一件は、それが明らかになって、わたしが懸念いたしておる事と次第ならば、支配役の若年寄さまにご報告いたすべきではないかと、思っておるのです」

「若年寄さまにご報告とは、何をですか」

「おわかりになりませんか。ここ数年来、諸国において一揆暴動などが頻発し、治安が著しく損なわれ、それらの余波が江戸にもおよんで、諸国より流れてきた下層民らが、江戸の風紀を乱すこと甚だしく、目に余ると言わざるを得ない。そのような風紀の乱れを正すのはわれら武士しかおらず、殊に、武芸十八般の中にあって、最も重きをなす剣術修行は、剣術だけではない、武士としての心身を鍛えなくてはならぬ修行と、わたしは考えております。晋五をこちらの大沢道場に通わせておりますのは、江戸に数ある道場において、町道場でありながら、大沢さんの教えが武士たる者の剣術に相応しいと、思っておる、いや、思っておったからです」

虎次郎は、晋五へ目を向けた。晋五は、晒と頭巾の下の目を伏せ、大沢と目を合わさなかった。

「しかしながら、昨日、晋五が怪我をして戻ってから子細を質したところ、大沢道場では自由稽古と称して、愚かな町民や素性の知れぬ浪人風情の子弟の門弟らに、勝手気ままな、武士のふる舞いとは思えぬ、卑怯で愚劣な稽古を、許しておられるそうですな。そんな稽古が許され、と言うか、仮令、それが大沢さんの本意ではないとしても、大沢さんの目の届かぬところでは、卑怯で愚劣なふる舞いを許し、見て見ぬふりを続けておられるなら、門弟らに甚だしい勘違いを起こさせ、むしろ、勘違いを助長させかねない。それではまるで、先だっての、神田祭の町民らの暴動と、本質において何ら変わりはないと、わたしは思うのです。町民らの暴動の陰に、不逞な浪人どもの煽動があったという噂も、聞こえております。それゆえ、若年寄さまにご報告いたし、町家の剣術道場が、江戸の風紀を乱す基にならぬよう、お上が厳しく監視し、正しき剣術の稽古へ導くべきではないかと、申し上げるつもりです。大沢さん、捨ててはおけぬ疑義とは、そのことです」

「何を言われる。昨日の自由稽古と、先だっての神田祭の喧嘩騒ぎと、なんのかかり合いがあるのですか。山本さんの疑義は、まったくの筋違いだ。自由稽古は、門弟らの裁量で行うのです。われらの指導に従うだけではなく、自分で自分の稽古を決める、それも大事な剣術修行のひとつです」

するとと、侍のひとりが虎次郎へうす笑いを向けた。虎次郎は、かまわず続けた。

「この者らから聞いたところでは、昨日の晋五の怪我は、自由稽古の最中に、偶然起こった事柄であって、竹刀であっても互いに激しく叩き合う稽古に、怪我がまったくないとは言えません。ですが、卑怯で愚劣なふる舞いなどなかった。わが道場において、卑怯で愚劣なふる舞いを改めぬ者は、破門にいたします。晋五、昨日の稽古で防具を着けなかったのは、自分で決めたことではないのか。防具を着けぬ代わりに、おぬしは木刀を使うことにしたそうだな。木刀での試合稽古は、わたしは許していない。危険だからだ。おぬしは知らなかったのか」

晋五はうな垂れ、黙っていた。

「大沢さん、師範が門弟にそのように決めつけた物言いをされては、門弟は言葉に窮しますな。晋五から聞き、久之助、十右衛門、道三郎にも確かめた昨日の、自由稽古と称した卑怯で愚劣な実情を、わたしがお話ししましょう」

重之助は龍玄へ目を移し、

「別所龍玄、おまえの父親は小伝馬町の牢屋敷で罪人の首打役の、手代わりを務めておるそうだな。祖父の代に江戸へ流れてきて、罪人の首を打って、胴を試し斬りにする生業だと聞いておる」

と、いきなり言った。

「おまえは、国では食いつめて江戸に流れてきた無頼な浪人どもが、江戸の風紀を乱しておることを厳しく糾弾する晋五に、自分の祖父や父親のことを言われていると勘違いし、日ごろより晋五に恨みを抱いていた。考えの足りぬ者にはありがちな誤解だ。昨日、自由稽古の折り、おまえは晋五が組太刀の稽古をしていたのを好機と狙い、試合稽古を申し入れるふりをして、それを受けた晋五が、まだ防具を着けておらぬのに、いきなり打ちかかり頭を割った。そうだな。しかも……」

と、重之助がそれから経緯を語った。虎次郎はそれを苦々しく聞いた。重之助の語った経緯は、偽りの作り事と、明らかにわかる事の次第だった。重之助は本心で言っているのか、と疑いすら持った。虎次郎は重之助を制した。

「山本さん、もうけっこうです。晋五、久之助、十右衛門、道三郎、おぬしたちは、昨日の晋五が怪我をした事の次第を、山本さんにそのように伝えたのか。武士としての、それがまことの言葉か。嘘偽りはないのか。久之助、十右衛門、道三郎、おぬしたちは、道場仲間の晋五が、卑怯で愚劣な不意打ちを龍玄にかけられ、怪我をさせられたのなら、その場にいて龍玄に何を言った。卑怯なことをするなと、叱ったのか。愚劣なふる舞いをした罰の鉄槌(てっつい)を下したのか。龍玄はおぬしたちより、四つも五つも年下の後輩ぞ。後輩の犯した卑怯で愚劣なふる舞いを、先輩のおぬしたちは、どのように正した。答えよ。久之助、十右衛門、道三郎、みなのいるこの場で、龍玄の目を見て言うてみよ」

三人は、虎次郎の厳しい言葉に固く口を閉ざし、目をそむけていた。尚助が、我慢ができずに言った。

「晋五さんが、稽古をつけてやると、龍玄さんに言ったんです。わたしたちは稽古をやめて帰ろうとしていたのに、晋五さんたちが帰してくれなかったんです。晋五さんは防具も着けずに木刀をかまえて、龍玄さんにこいと言ったんです」

すると、それまで名乗りもせず沈黙していた三人の侍のひとりが、

「子供は黙っておれ」

と、尚助を叱りつけるように言った。

虎次郎は侍へ向いた。先ほど、虎次郎にうす笑いを寄こした侍だった。

「あなたは誰だ。昨日の一件となんのかかり合いがあって、ここにおられる。それから言うておく。尚助は元服前の十四歳の若衆だが、当道場では、若衆は大人

として遇しておる。大人に対して、子供は黙っておれなどと、無礼なことを申されるな」

侍は眉をひそめ、唇を一文字に結んだ。

虎次郎は重之助に向きなおった。

「山本さん、昨日の一件について、これ以上の詮索は無駄です。お引きとり願う。卑怯で愚劣なふる舞いがあったのか、なかったのか、道場にいた者みなが知っております。道場であったことを変えることはできません。山本さんの思うとおりに、若年寄さまにご報告なさればよろしい」

宵の静寂が、一瞬、道場を包んだ。すると、煩わしい静寂を払い除けるように、重之助が言った。

「卑怯で愚劣なふる舞いがあったのか、なかったのか、双方の言い分が相反しておる。ならば大沢さん、どちらが実事か、確かめようではありませんか。この者らは……」

重之助は、右後ろの三人の侍へ一瞥を投げた。

「わが組下の新番衆にて、室田甚八郎、久留島修三、河原主馬と申す。三名ともに、相応の腕前の者らです。このうちのひとりが、別所龍玄と試合稽古をして、その腕前が卑怯で愚劣なふる舞いなど無用であったかどうか、確かめるのはいかがか」

「何を言われる。今ここで試合稽古をして、昨日の一件の何がわかる。嘘偽りを糾すことを試合稽古で試したいなら、そちらでやられるのは勝手だ。試合稽古は、剣術の上達を図る修行ですぞ。嘘を暴く易ではないし、そもそも、龍玄と晋五が試合稽古をするのならまだしも、そちらの方々が相手では、意味がないではありませんか」

「意味はあります。いやむしろ、当事者よりも、立場の違う者の判断のほうが、より冷静に確かめることができるのでは」

「それが確かなら、龍玄ではなく、晋五を相手に確かめられよ」

「晋五は怪我をしておる。そちらの別所龍玄に卑怯で愚劣なやり方で、怪我を負わされたのではありませんか」

「勝手な言い分は、やめていただきたい。晋五の怪我が癒えてから、確かめればよろしいのです。剣術の上達を図る以外の試合稽古は、無用でござる。また、わが道場では筋の通らぬ他流試合は禁じております」

室田甚八郎が、横から口を挟んだ。

「他流試合ではありません。防具を着けて、竹刀で試合稽古をするだけです。剣術の上達を図ることと、同じですよ。それに、それがしは一刀流の修行を積みました。他流ではなく、同流です」

「別所龍玄、どうだ。試合稽古をしてみぬか」

重之助が龍玄に、いきなり言った。

「山本さん、晋五が怪我を負わされた腹癒せに、龍玄を痛めつけたいのですか。龍玄を散々に打ち据えるために、配下の腕利きを引き連れてきたのですか」

「馬鹿な。頭の固い。別所龍玄の腕を確かめるだけです」

不意に、虎次郎の後ろで龍玄がささやくように言った。

「先生、やります」

そう聞こえた。

虎次郎は龍玄へふりかえった。龍玄が虎次郎を冷やかに見上げていた。その目が燭台の光を映し、耀いて見えた。虎次郎は、一瞬の間、龍玄の目の耀きに奇妙な眩暈にも似た眩しさを覚えた。龍玄の目の耀きに、龍玄が授かっているものを垣間見た気がした。誰が、何を、何ゆえ、この男に授けたのだと、束の間、虎次郎は訝った。自分にはわからぬ何を、と眩暈の中で思った。

「やめておけ。無益だ」

かろうじて、虎次郎は龍玄の耀く目にこたえた。

室田甚八郎は、下げ緒の襷を悠々とかけ、久之助の面と籠手を借りて着けた。面をかぶるとき、

「臭いな」

と、手伝いの久之助に余裕で笑いかけた。

片や龍玄は、すでに稽古着に面と籠手を着け、竹刀を片わきへ提げて、道場の一方に佇んでいた。これから激しく打ち合い、叩き合う試合稽古を、始めるようには見えなかった。小柄で痩せた若い男が、町家の辻(つじ)でぽつねんと人待ちをしている風情だった。

晋五ほどの背丈でなくとも、室田の鍛えた壮健な身体つきが、着物を着けていても見てとれた。袴の股立(ももだ)ちを膝頭の下までとり、毛深い臑(すね)と大きな素足が、ひたひたと板間を踏み鳴らし、龍玄の正面へ進んできた。静かに佇む龍玄に、これ式の若蔵かと侮る笑みが、面の下に隠れているのが、室田の歩みに見えていた。

両者は二間ほどを隔てて立ち合い、一礼を交わすと、すぐに竹刀をかまえて試

合稽古は始まった。中段にかまえた竹刀の先端を触れるか触れないかほど隔てて、身がまえた。ただ、室田も龍玄もすぐには打ち合わなかった。室田が竹刀をゆるやかに上下させ、威嚇の奇声を、間をおいて二度放った。四灯の燭台のうす明かりが、道場の四隅でかすかにゆれていた。打ち合いが始まる前の、じりじりとした間がすぎ、室田が誘うように、竹刀の先で龍玄の竹刀を、右、左、へと軽く払った。どうした若蔵、稽古をつけてやる、打ってこい、かかってこいと。

その瞬間、龍玄は誘われたかに見えた。

龍玄が先に、打ち合いを仕かけた。上段へとって、俊敏に打ちこむと、室田は易々とそれを払い、面へ打ちかえした。龍玄は室田を軸に廻りこんで、打ちかえしを払い上げ、籠手、面、面、面、と続けて浴びせかけた。室田は素早く動き、龍玄の攻めを次々と払い、躱し、すかさず逆襲をかけた。両者は竹刀をけたたましく鳴らし、打たれては打ちかえし、打ちかえされては打つ、激しい乱打戦を繰りかえした。

しかし、何合目かを打ち合ったとき、室田は、屈強な体軀を龍玄の瘦せた身体へぶつけた。龍玄は瘦軀を弓なりに反らし、衝突の圧力を堪えた。

「やるな、小僧」

室田が、上から伸しかかるように面と面をごつごつと擦り合わせた。そして、竹刀と竹刀を嚙み合わせたまま、凄まじい膂力で龍玄を押し退けた。龍玄が一歩退がったところへ、室田自身も引き退いて間をとり、俊敏な面を放った。

「めえん……」

と甲高く吠え、龍玄の面に竹刀が、ぱあん、とはずむ音をたてた。室田は、龍玄の追い打ちを避けるように、一旦、するすると後退した。重之助が、おお、と声を上げ、満足げに頷いた。久留島修三と河原主馬が、室田の鮮やかな面打ちに手を拍った。

呆然とするかのように、龍玄は竹刀を提げて立ちつくした。室田は、再び中段にかまえて前へ進み出た。

「別所龍玄、まずは小手調べだ。稽古はこれからだぞ。さあこい」

と、面の下で笑いながら言った。

竹刀の先端を、またからかうように上下させ、龍玄に近づいて行った。

すると龍玄は、右足を半歩下げ、両膝を軽く折りつつ、竹刀を八相にとった。

室田は、龍玄がかまえを変えたのを、姑息な、と思った。その場しのぎに恰好をつけおって、隙だらけだぞ、修行が足りんのだ、と見下した。

今度は室田が仕かけた。

「たあ」

甲高く叫び、再び面へ打ちこんだ瞬間、室田の籠手と龍玄の放った竹刀が、鈍い音をたてた。室田は籠手をしたたかに打たれ、続けざまに面打ちを浴びた。手が痺れ、竹刀をとり落としそうになり、面打ちを浴びた一瞬、目の前が真っ白になった。油断していたのではなかった。何があったのかはわかっていた。ただ、隙だらけに見えた八相のかまえから、どうしてそうなったのか、要領を得なかった。龍玄がどう打ちこんできたのかが、見えなかった。

気がついたとき、室田は片膝をついていた。かろうじて、竹刀は手にしていたが、痺れた手が震え、手ごたえが何もなかった。面を上げると、すでに中段にかまえた龍玄の姿が、二重に見えた。道場の板間が波のようにゆれ、激しい耳鳴りが残っていた。

室田は周りを見廻した。道場は静まりかえっていた。みなが沈黙し、片膝を落とした室田を見ていた。咳ひとつ聞こえなかった。四隅の燭台の小さな炎が、くすくすと室田を嘲笑うようにゆれていた。室田は懸命に立ち上がった。中段にかまえたが、身体の中心が定まらなかった。

龍玄は、静かに、やわらかく、平然とかまえ、町家の辻で人待ちをするかのように、凝っと佇んでいるかに見えた。

なんだ、こいつは。

そう思った刹那、室田の脳裡を恐怖がかすめた。恐怖を払い除け、

「まだまだ」

と、面の下で言った自分の声が、耳鳴りに邪魔され、他人の声に聞こえた。頭が朦朧としていた。室田は、おぼろなまま打ちかかって行った。

「それまでだ」

虎次郎は、思わず声を上げた。だが、すでに龍玄の突きが、室田の喉を突き上げたあとだった。室田の身体は三間ほども仰のけに退いて、足がもつれて板間に叩きつけられた。身をよじらせて喘ぎ、右や左へ転げ廻った。

「いかん。手当てを……」

虎次郎は立ち上がった。久留島修三と河原主馬、久之助、十右衛門、道三郎、それに尚助と藤吉までも、室田の周りに集まった。重之助と晋五は、なす術もなく、室田を呆然と見守っていた。

「室田、しっかりしろ」

久留島が室田の耳元で喚いた。

虎次郎は廊下に出て、若党の宗次を呼んだ。

「宗次、宗次、医者だ。畑山先生を呼べ」

そのとき、虎次郎はふと、廊下から道場の龍玄へ見かえった。龍玄は竹刀を提げて、静かに冷然と佇み、面の下のあの耀く眼差しを、道場の外の暗がりへそそいでいるかのようであった。まるで、おのれ自身を、その暗がりの中に見るかのように、暗がりの中の別の誰かと、凝っと向き合っているかのように。なぜか、虎次郎の身体を戦慄のような感動が貫いた。

六

天明三年（一七八三）七月、上州浅間山が大噴火を起こした。流出した熱泥が村々を襲って、千六百余の死者を出し、江戸にも夥しい灰が降った。七月、八月、九月、十月、と上州や武州北部の村々で、打ちこわしや強訴などの一揆が続いた。

その年、龍玄は十六歳になった。

十六歳になってから、龍玄は、それまでのように、毎日は大沢道場へ稽古に通わなくなっていた。道場の稽古に、毎日通わなくなった明らかな理由はなかった。剣術の稽古は、父親の勝吉と向かい合ってやる、真剣の素振りが中心になっていた。

子供のころ、妻恋町の裏店の明地で、爺さまと父親がやっていた真剣の素振りを、龍玄は始めていた。それを、全身から湯気が上るまで続けた。しかしながら、勝吉の生業を継ぎ、小伝馬町牢屋敷の首打役の手代わりを務めると、決めていたのでもなかった。勝吉は、倅は父親の生業を継ぐものと、頭から決めて疑っていなかったけれど。

冬のある日、師の大沢虎次郎の呼び出しがあった。道場へ行くのは半月ぶりだった。やわらかな陽射しの降る昼下がり、龍玄は本郷通りを行き、菊坂臺町へ向かった。道場へ行くと、若党の宗次が出迎え、

「龍玄さん、支度をして待っていてください。久しぶりに稽古をしようと、先生が仰っておられます」

と伝えた。

「支度をして、お待ちします」

龍玄は道場へ通り、稽古着に着替えた。そして、誰もいない道場の、裏庭に面した縁側にぽつねんと端座し、虎次郎を待った。

手入れのゆき届いた裏庭の西側に垣根があって、垣根ごしに、坂下の菊坂町の町家や木々に囲われた武家屋敷地、そのずっと先の、小石川台地までつらなっている景色が、明るい空の下に眺められた。

龍玄は、この垣根ごしの眺めが好きだった。物憂さが、少し晴れた。裏庭の柱の木で、四十雀（しじゅうから）が鳴いていた。

黒紺の稽古着を着けた虎次郎が、面と籠手に竹刀を提げて道場に現れた。

「龍玄、こちらから呼ばぬと、もう道場へこなくなったな」

虎次郎は、道場の縁側に坐っている龍玄ににこやかな笑みを寄こした。

「はい。今は素振り中心の稽古を、ひとりで続けております」

「そうか。龍玄の思うとおりやればよい。道場の稽古では、龍玄の求めるものに応じられなくなっているのは、わかっていた」

おぬしは……

と、虎次郎は龍玄を、おまえではなく、おぬし、と呼びかけた。

「わたしから何も学ばぬのに、勝手に強くなった。だが、わたしには何もできぬと、前からわかっていたよ。久しぶりにおぬしと稽古がしたくなった。稽古をつけてくれと、言うべきだがな」

二人は道場の中央に向き合い、面と籠手を着けた。それからおよそ半刻（一時間）、休みなく試合稽古を続け、たっぷりと汗をかいた。これまでに、と稽古を終え、面と籠手をとると、冬の冷気が心地よいくらいだった。

二人はしばし、沈黙の中で向き合い、呼気を整えつつ、ゆるやかなときの流れを味わった。やがて、虎次郎がさりげなく言った。

「今年は、浅間山が火を噴いて、多くの人が死んだ。ひどい年になった。満足な収穫が得られず、上州と武州北部の村々に一揆が続いている。もっとも、一揆は何年も前から諸国で頻発しておるゆえ、ひどいのは、今年に限ったことではないのかもしれぬが」

龍玄は黙って頷いた。

「おぬし、顔つきが少し大人びてきたな。お試し稽古に通い始めたころは、愛くるしい童子だった。その童子も大人になって、飛びたってゆくか。ときが流れて、変わりゆくものもあれば、変わらぬものもある。変わるものは新しくなり、変わらぬものは古びていく。それを嘆いても始まらぬ。だとしてもな」

虎次郎はうっすらと笑みを浮かべ、龍玄は虎次郎から目をそらさなかった。

「龍玄、大沢道場の師範代をやらぬか。今の師範代の左一郎は、すぐにではないらしいが、大番組の務めで、大坂城詰を申しつかるかもしれぬのだ。当分は、師範代の助手を務め、左一郎が大坂行きになったあとを継ぐ。左一郎も、龍玄なら申し分なしと言っている。大沢道場で数年師範代を務め、それから、もしかしてだぞ。もしかして、いずれは備中のさる大名家の剣術指南役を務める家に、婿入りするという話も、ないわけではないのだ。どうだ、やってみぬか、龍玄」

龍玄は虎次郎を見つめ、破顔一笑した。

「先生、わたしに師範代が務まると、お考えですか。わたしがよき師範になれると、思われますか」

「向いておらぬと、自分で思うのか」

「上手く言えません。わたしは、自分が何者か、よくわからないのです。明後日、下僕として父に従い、牢屋敷の首打ちに立ち会います。父が、少しでも早く慣れるようにと申しますので、父に従うしかありません」

ああ、おぬしはおぬしの道を行くのか、と虎次郎は思った。

「龍玄、おぬしはすでに、別所龍玄になっておるではないか。それは、ほかの者が別所龍玄を真似ても、別所龍玄にはなれぬ何者かだ。龍玄、よき武士になれ。よき武士を探し求める者だけが、よき武士になるのだ。おぬしを蔑み、卑しめ、貶める者がいたとしても、それはおぬしの実にかかり合いがない。よき武士は、敗れはせぬ」

虎次郎が言った。すると、虎次郎を見つめる龍玄の目が、ほのかに潤み始めた。

天明五年春、十八歳の龍玄は、小伝馬町の牢屋敷で、罪人の首打役の手代わりを務めた。正しくは、手代わりである父親・勝吉の手代わりである。のみならず、胴体を試し斬りにし、刀剣鑑定の務めも果たした。勝吉は、初めて倅の手並みを見て、母親の静江に、

「魂消た、龍玄は剣の才を天から授かっておる、おれの出る幕ではない」

と言って、四十代の半ばにして隠居になった。

翌天明六年、龍玄が十九歳のとき、わけがあって、切腹せざるを得なくなった牛込の御家人の、切腹場の介添役を務めた。すなわち、介錯人である。介錯人は、切腹場において、士分でござる、槍ひと筋の者でござる、と高らかに名乗るひと廉の者の役目である。師の大沢虎次郎が中立になって、龍玄はそれを請けた。

介錯人役を、見事に果たした倅を誇りに思った勝吉は、その年の暮れ卒中で倒れ、四十七年の長くもない生涯を閉じた。

そして、翌年の天明七年、二十歳の龍玄は神田明神下の旗本丸山家の百合を、妻に娶った。

惣領除

一

その夜明け前、別所龍玄は門戸を敲く音に目覚めた。

板戸を敲く抑えた音は数度続き、それから不意にやみ、戸内の気配を凝っとうかがう不穏な静寂が流れた。しかし、夜明け前の静寂がぎりぎりまで息をつめた次の瞬間、まるで、何かを密かに問いかけるかのように再び門戸は敲かれ、やはり数度続いたあと、果敢なくたち消えた。

三度目が鳴る前、龍玄は布団をすべり出て、枕元の大小を素早く帯びた。布団の中から百合が目を開け、龍玄を見つめていた。

「あなた」

と小声で呼びかけた。百合の黒い目に、有明行灯の微小な光が映っていた。

「人がきた。大事ない。わたしが出る。杏子のそばにいなさい」

百合は布団から上体を起こし、隣の夜着にくるまれている杏子の寝息をうかがった。八畳の居間に、龍玄と百合の布団を並べ、百合の布団の隣に杏子の夜着を敷いている。杏子は小さな手を左右に広げ、安らかな寝息をたてていた。百合は杏子の額の髪を指先でそっと整え、広げた両手を、肩が冷えないように夜着の中に入れてやった。

有明行灯を提げて、茶の間に出た。

そのとき、門戸を敲く音が、三たび、聞こえてきた。茶の間の引違いの腰付障子を引き、中の口の土間に下りた。表戸の腰高障子と板戸を引き開けた。すると、それがわかったのか、門戸を敲く音が途絶えた。

龍玄は、夜明け前の漆黒を塗りこめた庭へ、有明行灯をかざした。庭は白い靄に包まれていた。中の口の北側に隣り合わせている玄関から踏み石が敷き並べてあり、その先に、瓦葺屋根の引違いの木戸門と、踏み石に沿って並ぶ木犀とつつじの黒い灌木の影が、白い靄にまぎれて、ぼうっと見えた。

夜明け前の寒気が、寝間着代わりの帷子を透して龍玄の肌を刺した。

踏み石を鳴らし、木戸門に近づいた。有明行灯のうす明かりが木戸を照らしたとき、百合が茶の間の行灯に火を入れたらしく、靄を透かして、中の口のほうに行灯の明かりが映ったのがわかった。龍玄は明かりへ一瞥を投げ、すぐに木戸へ向きなおった。

木戸の向こうで、沈黙が息を殺して龍玄の言葉を待っていた。

「当家の者です。ご姓名をどうぞ」

龍玄は沈黙に声を投げた。

「拙者、公儀小十人衆七番組を相務めます平井喜八と申します。こちらは、別所龍玄どののお住居とお見受けいたし、お訪ねいたしました」

返答は心持ちを抑制した、温和な年配の士の口ぶりに思われた。平井喜八は、初めて聞く名だった。

「別所龍玄はわたくしです。平井喜八どののご用件は、お急ぎなのですか。お急ぎでなければ、刻限を改められてはいかがでしょうか」

「かような刻限に門前をお騒がせいたし、まことに申しわけござらん。平に平にお許しを願います。身勝手ながら、それがしがこちらをお訪ねできるのは今しかなく、それがしの都合により、この刻限に相なりました。長くはかかりません。

立ち話で済む用件事柄でござる。とは申せ、それがしにとって、軽き用ではありません。この儀は、是非とも別所どのにお引き受け願いたく、ご無礼をも顧(かえりみ)ずこの刻限に別所どのをお訪ねするにあたり、昨夜、本郷菊坂臺町の大沢虎次郎どのより添状(そえじょう)をいただき、持参しております」

「大沢先生の添状を、お持ちなのですか」

龍玄は少々の驚きを覚えた。

平井喜八が大沢虎次郎の添状を持ってこの刻限に訪ねてきたことに、平井の切迫した事情を感じざるを得なかった。

大沢虎次郎は、龍玄が十歳になる前より剣術の稽古に通った、本郷菊坂臺町に一刀流道場をかまえる道場主である。幼い龍玄の剣の天稟(てんぴん)を見抜き、天稟はすでにあるものであり、天より授かっているものであり、真似できるものでも目指すものでもないと、そのように評した師であった。

「どうぞ、お入りください」

龍玄は木戸を引き、門前の靄の中に立つ平井へ有明行灯をかざした。

平井は両刀を帯びた上背のある痩軀(そうく)を、袴の膝に両手をそろえ、龍玄のかざした有明行灯のほのかな明かりの中で恭(うやうや)しく折った。老竹色(おいたけいろ)の上着に無地染めの黒茶色の細袴に身形を整えていたが、濃い影に隈どられた顔つきには、憔悴が露わだった。五十すぎの師の大沢虎次郎より、年配に見えた。

「失礼仕る」

平井は、門戸をくぐって龍玄の前へ進み、

「早速のお聞き入れ、恐縮でござる。これは大沢どのの……」

と、添状をとり出そうとするのを、龍玄はさりげなく制した。

「ご用件は、座敷にておうかがいいたします。大沢先生の添状を、この暗い庭先で拝見するわけにはいきません。こちらへ」

龍玄は平井の返事を待たず、踵をかえして玄関へ導いた。

夜明け前の空が白み始めるまでにまだ間はあったが、家の中では、母親の静江と下女のお玉も来客に気づいて起き出していて、百合と三人で、客座敷に行灯の明かりを灯し、玄関式台上の取次の間に閉てた雨戸を引き開け、茶の間に切った炉に火を入れ、勝手の土間の竈にも薪を燃えたたせて、茶の支度などを慌ただしく始めていた。

龍玄は、平井を玄関前の庇下に待たせ、一旦、着替えのため屋内へ戻った。素早く着衣を整えて取次の間に着座し、「お上がりください」と、平井を迎え入れた。

客座敷の床の間を背にした平井と対座し、龍玄は大沢虎次郎の添状に目を通した。添状は、平井喜八の紹介のみが記され、申し入れの子細は不明だが、察しがついていた。お玉が湯気のたつ茶を運んでくると、平井は渇していたらしく、熱い茶を喉を鳴らしてひと息に乾した。お玉が慌てて、

「す、すぐにお替わりをお持ちします」

と碗をとりかけたのを、平井はそのような自分を恥じるようにお玉を制した。

「いや、これにて十分でござる。おかまいなく。何とぞおかまいなく」

龍玄はお玉に、替わりを持ってくるように言いつけ、添状を静かに閉じた。

「面目ない。喉が渇き、ついわれを忘れてしまいました」

「気が急いていては、よくあることです。お気になさいませんように」

淡々と言いつつ、添状を折り封に仕舞った。

そこに、取次の間の間仕切が少しずつ引き開けられ、鳥や蝶模様の寝間着姿の杏子が、白く丸い顔をのぞかせた。杏子はあどけない好奇心に目を耀かせていた。平井は唖然とし、それから憔悴した顔つきに、明るい笑みをはじけさせた。

「これは、見事な……」

と、屈託が解けたように声を上げた。

「おや、杏子、今朝は早起きだね」

龍玄は、間仕切の杏子へふり向いて話しかけた。「とと」と、杏子が言った。

杏子に気づいた百合が茶の間からすぐにきて、

「杏子、ととはお客さまとお話がありますから、お邪魔をしてはなりません。こちらにいらっしゃい」

と、杏子を抱えてささやきかけ、杏子は母親の首筋へすがりついた。百合が間仕切の襖を閉じると、平井が言った。

「大沢どのより、別所どのには若くしてすでに、麗しきご新造と玉のようなお子がおられると、聞かされておりました。聞かされていた以上です。羨ましい。別所どのは二十三歳とお聞きしました」

「はい。この春、二十三歳に相なりました」

龍玄は添状を、平井の膝の前に戻した。

「まことにお若い。わが惣領の伝七郎は、別所どのより一歳上の二十四歳です。去年暮れに相果てましたゆえ、生きておればの話ですが……」

「それは、お悔やみを申し上げます」

龍玄は間をおいて言った。

「かたじけない。じつは、伝七郎は詰腹を切らされましてな。誰に詰腹を切らされたかと申しますと、父親のそれがしにです。旗本とはいえ、小十人衆の軽輩の身でござる。しかしながら、公儀直参の武士の端くれでござる。家名を守るために腹を切るのも武士の習い。いたしかたなしと、そのときは思っておりました。武士ならばそれしか道はないと、倅に命じました。さぞかし父親を怨んで腹を切ったのでしょうな。伝七郎の介錯は、それがしが務めました」

平井の言葉は平静を保っていたが、憔悴の色濃い隈が再び浮き上がった。龍玄は、平井が門戸の外で膝にそろえた節くれだった大きな手を見たときから、間違いなく練達の武士であることがわかっていた。

龍玄は平井の言葉を待った。

「本日は、伝七郎の七七日の中陰が満ちる法要を午前に行います。しかし、その前に日本橋の濱町にて、どうしても済ましておかねばならぬ用が一件ございましてな。それを済ませたのちに法要となりますゆえ、こちらをお訪ねできるのは今しかなく、という次第でござる。ご迷惑をおかけいたします」

平井は、すぐには頭を垂れた。お玉が替わりの茶碗を運んできた。平井は、すぐには茶碗に手をのばさなかった。龍玄が、どうぞ、と勧め、平井は痩せた両肩の間に顔を埋めるようにして、うすい湯気の上る茶碗をとり、今度はゆっくりと口をつけた。

「大沢どのは、別所どのの剣術を道場の稽古を積んで会得できるものではない、恐るべき才と、畏敬の念すら抱いておられました」

平井は茶碗を茶托に戻した。

「牢屋敷にて、首打役の手代わりを務めておられると、うかがいました」

「祖父は、上方の摂津高槻領に仕えておりました。ゆえあって主家を離れて浪々の身と相なり、江戸に出て、牢屋敷の首打役の手代わりを始め、父が祖父を継ぎ、わたくしは三代目です。首打役を務めた胴体を試し斬りにし、刀剣の利鈍を鑑定いたしております。それがわが生業です」

龍玄は恬淡とした口ぶりで言った。

「将軍家にも、御腰物奉行扱いによる御試し御用がござる。それは武家ならばこその、誰かがやらねばならぬ生業でござるゆえ」

平井は、物思いに耽るかのように目を伏せた。どう言うべきか、考えている素ぶりに見えた。龍玄は、口を挟むのを控えた。束の間をおき、平井は目を上げた。

「大沢どのより、別所どのが切腹の介添役をお請けなされていると聞きました。別所どののならばと、言われたのです」

「お役にたてるならば、介添役をお引き受けいたしております」

「拠所ない子細があって、平井家存続のため切腹せざるを得なくなりました。よって、本日申の刻（午後四時頃）、小石川のわが拝領屋敷にて、介添役、すなわち介錯をお願いいたしたいのでござる。わが拝領屋敷は……」

「どなたが腹を、召されるのですか」

平井はそれを言っていないことに気づき、ああ、と戸惑いの声をもらした。

「粗忽な。いざとなるとこの様だ。腹が据わっておらぬのですな。それがしです。それがしが切腹いたします。別所どのに介錯をお願いいたしたい」

「本日申の刻なら、午前にご子息伝七郎どのの満中陰の法要を執り行われ、同じ日の夕刻、ご切腹なさるのですか」

「さよう。わが平井家存続のため、そうせざるを得んのです。事情が許せば、法要が終ってすぐに済ませたいのですが、じつは、午後にもうひとつ、片づけねばならぬ厄介な用がござる。それを片づけ次第、急ぎ屋敷へたちかえり、この瘦せ腹をひとかきにいたす所存でござる」

平井はこともなげに言いながら、龍玄から目を離さなかった。

「切腹の介添役はご当人の生命のみならず、ご一門の面目ともかかり合いを持つ務めです。切腹の事情が名誉であれ誇りであれ、屈辱であれ遺恨であれ、何も知らぬ者の介錯を受けるのは、ご当人も無念ではあるまいかと推察いたします。ゆえに、わたくしはなるべくならば、ご当人あるいはご一門の事情を承知いたし、そのうえで、介添役に臨みたいと思っておるのです。平井どの、お差し支えなければ、切腹せざるを得ないわけを、お聞かせ願えませんか」

「ごもっともなお心がけ。ならばこそ、わが切腹の介添役をお頼みする甲斐があるというものでござる。別所どの、今申しましたように拠所ない子細があって、平井家存続のために、わが腹を切らねばならんのです。しかしながら、その子細はだいぶこみ入っており、長い話になります。今ここで、すべてをお聞かせできるほどの暇はありません。しかし、これだけは申しておきます。それがしのふる舞いに、武士としていささかも恥じるところはありません。武士ならばこそ、自ら為すべきことを為して、見苦しき死に様を妻や倅に見せることなく、最期は武士らしくありたい。ただそれのみでござる。それこそが惣領伝七郎への、愚かな父親ができる供養と、信じておるゆえでござる」

「わかりました。それだけお聞きいたせば、十分です。今夕申の刻、平井喜八どのご切腹の介添役、謹んでお請けいたします」

「ありがたい。いたみ入ります」

平井は、小石川下富坂町（しもとみさかちょう）の平井家拝領屋敷の場所を龍玄に伝えた。

「では、それがしは急ぎますゆえこれにて」

と、行きかけた平井に龍玄は言った。

「介添役は、わたくしのほかに、どなたかがお務めになられますか」

切腹場の介添役は、通常は三人である。ひとりは介錯人で、ひとりは切腹刀を運ぶなどの介添を行い、ひとりは切腹人の首級（しゅきゅう）を捧げて検使の実検に供する役目である。

平井は龍玄に頷き、言った。

「平井家の跡を継ぐことになります伝七郎の弟和之介（かずのすけ）に、別所どのの下役（したやく）を相務めるようにと申し伝えております。ですが、何分、和之介はまだ十六歳にて、事に臨んでいたらぬところがあるかと思われます。切腹場において粗相のなきよう、別所どののご指導をお願いいたします」

二

平井喜八が講安寺門前の小路を無縁坂に出て、池之端へとくだるとき、夜明け前の靄はいっそう濃さをまし、坂道はもとより、あたりのすべてが、黄泉の暗さはさながらこのようなものかと思われる、息苦しいほどの重い闇に包まれていた。

同じ日の午後、龍玄は麻裃に衣服を調え、刻限より早く講安寺門前の住居を出た。供はなく、村正の両刀を帯び、介錯刀の刀袋や着替えなどをくるんだ荷は自ら携えた。介錯刀は、爺さまの弥五郎、父親の勝吉、そして龍玄と受け継いだ同田貫である。

「われらは介錯人別所一門である。おまえは介錯人として、別所一門の名を継がねばならぬぞ」

龍玄が十三歳のとき、父親の勝吉は、由緒ありげな武家の名を守れと命ずるかのように言った。

勝吉は善良な人柄であった。ただ、武家の体裁を気にかけ、童子のように重んじた。爺さまの弥五郎は、江戸へ下る前の摂津高槻領の侍であったころ、介錯人を務めたことがあった。勝吉は、介錯役を果たした父親を、ひと廉の武士として誇らしく思い、その父親の跡を継いだ倅として、《介錯人別所一門》の名を無邪気に信じ、自ら称した。

われらはただの首打役ではなく、介錯人を務める槍ひと筋の武門なのだと、勝吉は言いたかったのに違いない。

しかしながら、勝吉は、介錯人を頼まれたことも務めたこともなかった。小伝馬町牢屋敷の首打役の手代わりを生業として、四十七年のさして長くもない生涯を閉じた。

介錯人、すなわち切腹場の介添役は職業ではない。切腹場において介錯人は、「士分でござる」あるいは、「槍ひと筋の者でござる」と高らかに言うのが作法である。

事実、介錯は、ただ一刀で喉の皮一枚を残して首を落とす精神と剣技の修練を積んだ武士でなければ、できることではなかった。往々、若侍が客気にはやって志願し失敗を演じた。介錯人とは職業ではなく、腕に覚えのある武士がそのような客気にはやるに足る、ひと廉の武士の務めであった。

だが、太平の世が長く続き、ひと廉の武士の事情も変わってくる。お上より咎めを受ける失態を演じ面目を失った武士は、咎めを受ける前に自ら屠腹し、咎めが一門におよばぬように図った。家人が武士の屠腹を病死と上役に届け、事情を承知している上役はそれを了承し、一門は咎めをまぬがれた。軽輩の身分であっても、武士の事情は同じである。一門に咎めをおよばぬようにし、家名を存続させなければならなかった。

太平の世が続き、武士の自裁である切腹は、扇子腹のような、切腹の形をとった儀式と作法が重んじられた。それゆえ、実際に首を落とす介錯人の役割が重きを増していた。大家であれば、それ相応の腕と品格を兼ね備えた家士を抱えており、その者が介錯を務めたが、家士を抱える余裕のない軽輩の武家は、膂力が強いだけのなまじいの腕前ではない練達の士を、市中に求めた。

「龍玄、請けるか」

と、大沢虎次郎を介して龍玄が初めて依頼を受け、介錯人を務めたのは、天明六年、十九歳のときだった。

「わたしで、よろしいのですか」

龍玄は師に訊ね、

「よいのだ。わたしの知る限り、龍玄を措いてほかにおらぬ」

と、師は即座に答えた。

その前年の春、龍玄は父親勝吉の務めを継ぎ、牢屋敷の首打役の手代わりと、試し斬りの刀剣鑑定を始めていた。あの日、十九歳の龍玄は麻裃に身形を調え、爺さまの弥五郎より伝わる同田貫を携えて、ひとりで牛込の御家人屋敷に向かったのだった。

あれから四年の歳月がたった。

大沢虎次郎の一刀流の道場は、本郷五丁目の往来を西に折れて、菊坂町へくだる坂の途中、喜福寺裏の菊坂臺町に冠木門をかまえていた。道場では、門弟らの稽古が行われていて、門弟らの喚声や雄叫び、竹刀を叩き合う喧騒が聞こえていた。

取次の門弟に客座敷へ通され、茶が出てほどなく、濡れ縁の明障子に長身瘦軀の大沢虎次郎の影が差した。明障子が両開きに引かれ、庭の一角に道場があって、道場と庭を囲う垣根の向こうに、坂下の菊坂町の町家と、彼方の小石川台地の景色が広がり、伝通院の杜が見えた。大沢は、その景色を背に濡れ縁に立って、龍玄の麻裃の扮装を見つめ、珍しく急いた口ぶりで言った。

「龍玄、くるであろうと思っていた。平井喜八が、おぬしを訪ねたのだな」

大沢は、座敷に入って明障子を閉じ、龍玄と対座した。

「夜明け前、大沢先生の添状を携え、訪ねてこられました」

「そうか。やはり、昨日の今日であったのか。どうにもならぬとわかっているのだが、気になってならなかった。龍玄がこなければ、こちらからおぬしを訪ねるつもりだった。平井はどのように」

「本日午前、ご子息伝七郎どのの満中陰の法要を執り行い、午後に今ひとつ用件を済ませたのち、屋敷にたちかえって、申の刻に腹を召されるゆえ、介添役を頼みたいと」

ああ、とため息のような声を大沢はもらした。つらそうに顔をしかめ、龍玄に言った。

「介添役を請けたか」

「お請けいたしました。平井どのは、拠所ない子細があって、平井家存続のため切腹せざるを得ないと申されました」

龍玄は、平井に添状を持たせた大沢が割りきれぬ様子を見せているのが意外だった。大沢は唇を一文字に結んで、しかめた顔をわきへそらした。道場で稽古がやみ、屋敷に静けさが流れた。稽古の喧騒でわからなかった庭の鳥の声が、のどかに聞こえた。

「平井は昨夜、前知らせもなく現れ、拠所ない子細があって平井家存続のため切腹せざるを得なくなった、よって、龍玄に介錯を頼みたいゆえ添状がほしいと、いきなり言ったのだ。以前、平井と会ったとき、龍玄の剣の技量の話をしたことがある。機の変化を知り、俊敏に応変し、鋭く剣を捌く。天賦の才としか言えぬ、あれほどの才を知らぬと話した。龍玄が初めて介錯人を務めたあとだった。それほどの才かと、平井はしきりに感心していた。あの話を覚えていたのだな」

「拠所ない子細を、お訊ねにならなかったのですか」

「訊ねたが、ただ拠所ない子細としか今は言えぬ、いずれわかるゆえ、と言うのみだった。だから、添状を書いた。書いたものの、割りきれぬ思いが残った」

龍玄は明障子へ目を向けた。障子に射した西日の中を鳥影がかすめた。ふと、いずれとはいつだ、と思った。

「先生は、わたしがくると思っておられたのですね。何ゆえですか。わたしが何を訊きにくると、思っておられたのですか」

「龍玄は何が訊きたい」

「おそらく、先生の割りきれぬ気持ちと同じではないかと思うのです。平井どのは、去年の暮れ、惣領の伝七郎どのに平井家存続のため詰腹を切らせた、と言われました。平井どの自らが、伝七郎どのを介錯なされたとも。それが、伝七郎どのの満中陰の今日、同じく平井どのが平井家存続のため、切腹せざるを得ないことに、腑に落ちぬ因縁を覚えました。一体何があったのか、わたしも平井どのに子細をお訊ねしましたが、子細はこみ入って長い話になるゆえ、すべてを話す暇がないと言われました。先生、伝七郎どのが詰腹を切らされたことと、平井どのの切腹には因縁があるのでしょうか。もしあるのなら、先生がご存じに違いないと思ったのですが」

道場でまた稽古が始まった。門弟らのかけ声が一斉にかかって床を踏み鳴らし、それが、庭ののどかな鳥の声を蹴散らすように繰りかえされた。

「平井どのは、ご自分の切腹こそが、伝七郎どのへの愚かな父親ができる供養と信じている、とも申されました。伝七郎どのは、何ゆえ平井家存続のために詰腹を切らされたのですか。伝七郎どのは、何をしたのですか」

大沢は割りきれぬ沈黙をかえした。

「去年の暮れに、伝七郎どのが詰腹を切らされた一件は、ご存じだったのですね」

大沢は、ふむ、と頷く間をおき、それから言い始めた。

「不覚にも、まったく知らなかった。平井からの知らせもなかった。平井は古い友だが、たまたま、一昨年の秋以来、会っていなかった。理由はそれぞれよい歳になり、若い盛りのようには自由気ままに交流する機会が減っていた。それだけだ。平井が訪ねてきたのは、先月の一月の末だ。勤めからの戻りだと言っていた。ひどく憔悴して、髪には白い物が目だち、老けた相貌だった。身体の具合が悪いのかと質したほどだ。当人は、白髪は増えたが、いたって健やかだと笑っていたが」

龍玄は、夜明け前訪ねてきた平井喜八の、老けて憔悴した風貌を思い出していた。

「ともかく、久しぶりに呑もうと誘ったのだが、事情があってそうもしていられない、と慌ただしい素ぶりで、そのとき、伝七郎に詰腹を切らせた、平井家を存続させるためにやむを得なかった、葬儀は身内の者だけで済ませたと、唐突に知らされたのだ。わたしに知らせていないのがずっと気にかかっていたので遅れ馳せながら知らせにきた、ただし、弔問などの気遣いはどなたにもいっさい断っておるゆえ、悪しからず、と立ち話でそれだけを言い、そそくさと引き上げて行った。どういうわけだと、引きとめる間もなかった」

「先生、平井どのは、切腹をせざるを得ないほどの、平井家の存続を危うくするほどの失態や不面目なふる舞いを、するような方なのでしょうか」

「わたしは、平井をそのような男だと思ったことはない。分別があり、人柄も頭もよく、傍輩にも上役にも信頼されていると、そう思っていたし、他人からも聞いている。あの平井が何ゆえ切腹なのか、合点がいかん」

「平井どのは、そうとは、定かには仰いませんでしたが、素ぶりやさりげない言葉の端々に、伝七郎どのに詰腹を切らせたご自分を責めておられ、詫びておられるような、そんなふうにお見受けしました」

「伝七郎に詫びる？」

「はい。わたしはそのように感じました。平井どののご切腹が、伝七郎どのに詰腹を切らせた始末と因縁があるとしたら、その因縁がいずれわかる、という意味なのではありませんか」

「平井喜八は、二歳下のこの春四十九歳だが、わたしが米沢藩上杉家よりお暇をいただき、この道場を二十七歳で開く以前からの古いつき合いだ。むろん、龍玄はまだ生まれていないころだ。わたしは上杉家上屋敷の若い番方で、平井も公儀小十人衆の家督を継いだばかりの旗本だった。互いに若く腕に覚えがあって、剣術のことになると話がつきなかった。平井が二十四歳で妻を娶ったときも、気持ちのよい男で、心を許せるわが親しき友になった。平井が二十四歳で妻を娶ったときも、惣領の伝七郎が生まれ、次男の和之介が生まれたときも、祝いの品を持って小石川の屋敷を訪ねた。わたしが道場を開いたときは、平井が新妻をともなって祝いに駆けつけてくれたし、伝七郎が確か四歳のとき、父親と道場に遊びにきたこともある。わたしと平井が道場で竹刀を打ち合うと、あまりの激しさに伝七郎が怯えて泣き出してな」

「凄まじい稽古だったのでしょうね。初めて道場にきたときを思い出します」

龍玄は言った。

「まだ童子のころの伝七郎は、よく覚えている。いつもにこにこして、愛嬌のある童子だった。平井も番方の旗本ながら、剣術以外のことでは案外に朗らかな面白い男だった。堅苦しいだけの男ではなかった。だから、この父と子は似ているのだな、と思ったこともある。ただ、先月、平井が伝七郎に詰腹を切らせざるを得なかったと知らせにきたとき、思い出したことがあった。一昨年の秋に会った折り、平井は伝七郎の行末を案じ、悩んでいるふうだった。伝七郎が能楽者で、今のままでは平井家は継げぬ、惣領除にして和之介を後継にすることも考えねばならんと、冗談めかして言っていたのだ」

「伝七郎どのが能楽者ゆえ、惣領除に」

「そう言っていたのを、思い出した。あの折り平井は、伝七郎の奇妙な行状をいろいろと話したが、しかし、わたしはさして深刻には感じなかった。むしろ、にこにこと愛嬌ある童子が、そういう若衆になっていたかと、面白がったぐらいだった。平井は、そんな倅を持った親の身になってみろと、困っていたがな。伝七郎が詰腹を切らされたと聞いて、平井が言った惣領除の話が思い出されて、気にかかってならなかった」

「先生、まさか……」

「まさかだ。太平の世に能楽者の惣領を廃嫡（はいちゃく）にして、弟や養子を後継にするのは珍しくない。商家でも商いに身を入れない長男に家業を継がさず、養子縁組をしてでも、というのはよく聞く話だ。多病たるによりやむを得ず嗣子（しし）を辞す、と上役へ届け出ればそれで済む。だが、仮令（たとい）、能楽者であったとしても、惣領除にするためだけに、嫡男（ちゃくなん）の伝七郎に詰腹を切らせるなど、あり得ぬ。そうするには、ほかにわけがあったはずだ」

「今夕、平井どのが平井家存続のためにご切腹なされるのなら、去年の暮れ、惣領の伝七郎どのを平井家存続のために詰腹を切らせたのは、一体なんだったのでしょうか」

龍玄が言うと、大沢は首をひねり、考えた。道場の門弟らのかけ声が続いていた。

「そうか。そうなのか、平井。おぬし間違えたのだな。間違えて伝七郎を……」

と、大沢は龍玄にではなく、自分自身に問いかけるように言った。

三

平井喜八が、土手蔵や材木置場のつらなる堀沿いの、新材木町の往来を楽屋新道へ折れたときは、明け六ツ（六時頃）の時の鐘までにはまだ間があった。たちわたる明け方の白い綿のような靄が、新道のほんの一、二間先を、閉ざしていた。

喜八は、楽屋新道の葺屋町、堺町をすぎ、人形町通りを横ぎって、長谷川町と新和泉町北側の三光新道をとった。堺町の中村座、葺屋町の市村座など、大芝居の正月狂言が千秋楽を迎えたあと、三月狂言の始まる前のこの時季、朝の早い職人が道具箱をかついで希に通りかかるものの、まだ目覚めぬ新道は深い靄に包まれ、人通りはないも同然だった。

三光新道や南へひとつはずれた玄冶店界隈は、役者や色子などの芝居者、人形遣いや狂言師、また囲い者の店なども、少なからず婀娜な板塀をつらねていた。

その靄の中の新道に、三光稲荷の玉垣と鳥居が見えてくると、平井は念のために靄に閉ざされた周囲を見廻し、鳥居をくぐった。境内の石畳が稲荷の祠へ通じていたが、靄がそれを覆い隠している。

喜八は、石畳が消えていく靄へ礼拝して音をたてずに柏手を打ち、それから、鳥居の片側の柱の陰に身を寄せた。柱の陰から社前の新道を見張りつつ、心が急くのを静めるため、深くゆるやかな呼吸を繰りかえした。

靄の彼方で烏の鳴きわたる声がしきりに聞こえ、とき折り、足音が近づき白い靄をかき乱すように人が現れ、鳥居の陰の喜八に気づく様子もなく通りすぎて、靄の中へ消えて行く。

市村座の女形古中新之丞が、懇ろになった町芸者を濱町の裏店に住まわせていて、ここのところ、その裏店に入り浸っていることを聞けたのは、市村座場内で、莨、茶、菓子、口取肴、幕の内弁当などを売り歩く《中売》の男からだった。

古中新之丞が、役柄の中では立役より尊ばれている人気の若女形で、芝居町とも呼ばれる堺町や葺屋町、また堀江六軒町界隈で新之丞が数々流している浮名の評判は、平井にもすぐに知れた。しかし、濱町の裏店に町芸者を住まわせ、このところ入り浸っているという話を聞き出すのは、華やかな役者のことなど、噂話でしか知らなかった喜八には難儀だった。

それでも、その《中売》の男は耳が早くて、堺町や葺屋町の役者のみならず、葭町の色子の噂まで相当詳しいと教えられ、喜八は金も使ってどうにかそれを聞けたのだった。《中売》の男には、決して胡乱な者ではない、わが主筋の娘が古中新之丞のひいきで夢中になっており、心配した主筋にどういう役者か調べるようにと命じられたため、とつくろった。《中売》の男は、質素ではあっても身形の整った平井を怪しむことなく、

「新之丞は、お武家の女には目がありやせんのでね。去年もそんなことがあって、ちょいとごたごたしたようですから、新之丞には気をつけたほうがいいですぜ」

と、去年、新之丞がある武家の女とわりない仲になった事情を、まるでそれを見ていたかのように面白おかしく話した。

喜八は、また深くゆるやかな呼吸をした。

古中新之丞の人相は知らなかった。けれども、中背の背丈や、中高(なかだか)の鼻が大きく、顎の長いつるりとした顔だちと聞いたので、見分けられると思っていた。

ほどなく、靄の奥から草履の音が近づいてきた。小刻みな、女を思わせる草履の音だった。ようやくきたか、と喜八は思った。まだ姿も見えないのに、間違いないと確信していた。鳥居の柱の陰から出て、靄に覆われた新道の真ん中に佇んだ。

足音はひとつで、つっつっつ、と爪先で地面をかくような音が近づいていた。

やがて、白い綿のような靄が乱れて、黒ずんだ人影がぼんやりと、だんだんはっきりと輪郭を現した。錆朱(さびしゅ)にみじんの縞模様が入ったやや小太りの男が、片手を角帯にあてがい、片手をわきへ垂らして泳がせながら、前方に佇む人影など眼中にないかのように、真っすぐに進んできた。当然、相手がよけるだろうと、頭から思っている様子だった。聞いていたとおり、濃い靄の中でも、中高の大きな鼻と長い顎の目だつ顔だちだった。

すぐ目の前まできて、新之丞は前方の男がよけないと気づき、こいつ、どこの田舎者なのさ、と言いたげな不服そうな顔つきを向けた。ただ、相手が身形を整えた侍風体とあってか、よけて行きすぎようとした。ところが、喜八が新之丞の行く手を阻む恰好で立ち位置をずらしたから、新之丞の目に不審の色がようやく差した。

「古中新之丞さんだな」

喜八は声を落として言い、新之丞を凝っと睨んだ。新之丞は戸惑い、怯えを見せた。平井は新之丞より二寸（約六センチ）以上は背が高かった。しかも両刀を帯びている。

「だ、誰だよ、あんた」

新之丞は、意気がった口調で質した。

「大きな声を出すな。近所迷惑だ。拙者、平井喜八と申す。新之丞さんに訊ねなければならぬ儀があって、ここでお待ちしていた。すぐに済む。こちらへきてくれ」

「なんだい、いやだね。あたしは、あんたなんか知らないよ」

「いいからきてくれ」

と、喜八は行きかけた新之丞へ、いきなり片腕を巻きつけるように突き出し、横襟を鷲づかみにした。片腕だけの力に、「ああっ」と新之丞はよろけた。

「何をするんだい。誰か、た……」

助けて、と叫ぶ前に、喜八の大刀の柄頭が長い顎を突き上げた。新之丞は、ぶっ、と唾と一緒に息を吐き、首を仰のけにした。仰のけから戻ったところを、また柄頭で突き上げ、新之丞は、再び仰のけになって気が遠くなったかのように両膝を折った。

喜八は横襟を放さず、新之丞が倒れないように抱きかかえ、三光稲荷の境内のほうへ引き摺った。

「大きな声を出さなければ乱暴はしない。自分の足でちゃんと歩け」

新之丞を引き摺りながら言った。

新之丞は、喜八の片腕一本に抗えなかった。鳥居をくぐって境内の石畳を引き摺られ、靄を透かして稲荷の祠が見えた途端、祠のほうへ突き放された。新之丞は膝からくずれ、靄をはらって賽銭箱の前に横転した。

喜八は片膝づきにかがんで、新之丞の襟首をつかみ持ち上げた。新之丞は賽銭箱の前でうずくまって顎を両掌でかばい、泣き声をくぐもらせた。

「やめてくれ。金がほしけりゃ持ってけ」

「金がほしいのではない。古中新之丞に訊かねばならぬのだ。それがしが訊くことに、有体に答えよ。偽りを答えたなら、即座に首を刎ねる。よいな」

喜八は腰の刀をつかんで、新之丞に見せつけた。

「あんたなんか知らないのに、偽りも有体もあるもんか。何を答えりゃいいんだ」

「よいのだ。おまえが知らずとも、わたしが知っている。よく聞け」

新之丞は、顎の痛みを堪えてぎゅっと目を瞑っていた。喜八は、新之丞の首が木偶のように上下するほど激しく、襟首をゆさぶった。

「去年、顔見世狂言が始まる前の十月のことだ。おまえは小日向浅利坂の同朋頭奥山春阿弥の娘沙花と懇ろになった。それは間違いないな」

新之丞は、閉じていた目を開け、首をかしげて考えた。それから、喜八を横目で見上げ、弱々しく頷いた。

「おまえと沙花は、元柳橋の出合茶屋で密通を重ね、沙花が身籠った。それも間違いないか」

新之丞は同じく頷いた。

「しかし、沙花は身籠っていることを父親の奥山春阿弥に知られ、相手は誰かと問いつめられた。沙花はおまえの名ではなく、別の男の名を出した。誰の名前を出したか、知っていたのか」

それには、首を横にふった。

「なぜ知らん。おまえの身代わりにされた男だぞ。沙花に訊かなかったのか」

「あたしが、言わせたわけじゃないよ。あの女が勝手に言ったんだ。あたしが知るわけ、ないじゃないか。顔見世狂言が千秋楽になってからは、沙花とは会ってない。子を孕んだことが親にばれて、屋敷から出してもらえないんだ」

「おまえの身代わりにされた男が、どんな目に遭ったか、それも知らんのか」

「だから、あたしの所為じゃないんだって。女に勝手に名前を使われて、どうせ間抜けな男に違いないのさ。そんな間抜けがどうなろうと、あたしの知ったことじゃないよ。てめえが間抜けだから、身代わりにされたんだ。自業自得さ」

新之丞は口の中に指を入れ、血のついた折れた歯をつまみ出した。

「くそ、役者の歯を折りやがって」

顔をしかめ、腹だたしそうに血のまじった唾を石畳に吐いた。

「五日ほど前、奥山春阿弥に雇われている用人が、おまえを訪ねたそうだな。西沢半三郎という男だ」

「きたらどうだって言うのさ」

「言えないよ。誰にも話しちゃならないぞって、口止めされているのさ。口が裂けても言えない」

「口止め料が出たのか」

「言えない」

「ならば、言えるようにわたしがおまえの口を裂いてやる」

喜八は新之丞の襟首を放し、片膝つきの体勢で刀の柄に手をかけた。

「わかった。言うから、気を静めてくださいよ。まったく物騒なお侍さんだ。役者が口を裂かれちゃあ、舞台に立てなくなっちまう」

新之丞は、顎の打ち身の跡を、指先でさすりながら言った。

「西沢さんは、沙花とは何もなかった。ひいきのお客と役者の間柄にすぎず、誰に何を訊かれようとも、男女のわりない仲では決してなかった、だから、沙花と懇ろになった男がいるかどうか、沙花が身籠ったかどうかなど、知るわけがないということにしてくれと、ぽんと二十五両ひとくるみを、おいて言ったんだ。どうやら、間抜けを身代わりにしたのが嘘だと、ばれたようだね。ばれるに決まってるさ。去年の冬ごろから、あたしがひいきのお武家の女といい仲になっているのは、ここら辺じゃあ知られていたし、役者とひいきのお客がいい仲になるのは、昔から別に珍しいわけでもないし、ほかの役者と不義密通を働いた大家の奥方さまだって知ってるし。ふん。小石川や小日向あたりの、てめえで稼がなくても、身分家柄があって禄がもらえるお武家さん方は、この界隈であたしひとりを口止めしても、隠し遂せないことがわかっていないんだろうね。笊で水を幾らすくっても、水はもれるんだよ、どうしても。お侍さんだって、あたしと沙花の仲をどっかから聞きつけて、確かめにきたんだろう。何が狙いか知らないけどさ」

喜八は、自分への怒りとやりきれなさを堪え、靄の中に立ち上がった。どこかで、一羽の鳥が侘しげに鳴いていた。

「おまえは、身代わりにされた男がどうなったか、知らないんだな」

「だから、知らないって言ったじゃないか。しつこいな」

新之丞は、また血のまじった唾を、煩わしそうに吐き捨てた。

「その男は詰腹となった。切腹して果てた」

「ええ？　なんでだよ。懇ろになって子ができただけなのに、なんで切腹しなきゃならないのさ。男も女も、お互いさまじゃないか」

「武家とは、そういうものだ」

「ちぇ、身代わりにされたことぐらい、ちゃんと調べりゃわかるだろう。それが詰腹かよ。あたしじゃありませんって、言わなかったのかい。間抜けらしいや」

喜八は、ゆっくりとため息を吐いた。そして、

「間抜けの父親は、わたしだ」

と言った。

あっ、と新之丞は喜八を見上げた。喜八の様子を、凝っとうかがった。咄嗟に、石畳を転げて喜八の足下から跳ね起き、鳥居のほうへ石畳を走った。

喜八は声も出さずに、新之丞を背後よりすっぱ抜きにした。

きゃあ、と悲鳴を上げ、新之丞は白い靄をかきわけ、もつれる足で泳いだ。石畳の先に鳥居が見えて、よろけながらも鳥居の柱にすがりついた。

「ひ、人殺しい」

必死に叫んだ。

悲鳴に驚いた鳥が、鳴き声だけを残して靄のどこかで飛びたって行った。

稲荷の前の新道を人が通りかかり、悲鳴を聞きつけ、稲荷の柱にすがって倒れまいとしている新之丞を見つけた。通りがかりは、新之丞を見て唖然とした。女形ふうの鋳朱の着物と下着が肩から落ちて、両腕にぶら下がっていた。帯はなく、

着物の前が開けて、小太りの生白い身体に、下帯ひとつの恰好だった。上着と下着の背中を尻の下まで真っ二つにされ、下帯だけの尻が剝き出しになっていた。

「おまえを責めるのは筋違いだが、間抜けの父親は、こうでもせぬと気が済まぬのだ。斬りはせぬ」

喜八は刀を納めながら言った。新之丞は柱にすがったまま、呆気にとられて、鳥居をくぐり新道へ出て行く喜八を見送った。

「戯れだ。怪我はない」

喜八は通りがかりに言い残し、新道の靄の彼方へ平然と姿を消した。折りしも、本石町の時の鐘が明け六ツを報せ始めた。

四

喜八の拝領屋敷は、小石川下富坂町の北隣、小石川大下水端にあった。喜八が戻ったとき、春の靄はとうに晴れて、天道が東方の本郷台地の上に高くのぼっていた。

妻の文乃は、すでに黒染めに白の半襟の紋付に黒帯の喪服に調え、喜八の帰りを待っていた。

「お戻りなされませ」

文乃と、これも黒裃の喪服を着けた和之介が、玄関の取次の間で喜八を出迎えた。職禄百俵小十人の屋敷の、玄関式台の前に立った喜八は、家の中に香るほのかな線香の匂いを嗅いで問うた。

「参ってくれた方々は」

「わたくしの両親と、牛込の叔父さまがお見えです。法事が始まるまでには、もう少しお見えになるかもしれませんが」

「ふむ。おまえのご両親も牛込の叔父もすでにご隠居だな。みな、春阿弥の目を恐れているのだ。それでよい。十分だ」

喜八は式台に上がり、和之介に言った。

「和之介、いよいよぞ。覚悟はよいな」

「はい」

和之介は健気に声を励ました。

喜八が居室で喪服に着替えるのを、妻の文乃が手伝った。文乃は着替えを手伝いながら、さりげない口ぶりで訊いた。

「子細は、いかがでございましたか」

「間違いはない。伝七郎の無念を晴らさねばならない。落ち度のある者に償わせねば、伝七郎に申しわけがたたない。わが落ち度も同じだ。申の刻、別所龍玄どのがくる。申したとおりに、うろたえずにお迎えせよ」

「そのように……」

文乃の声がかすれて消えた。

午前の四ツ（十時頃）、浄土宗源覚寺の僧を招き、伝七郎の満中陰の法要が営まれた。主人の喜八、妻の文乃、倅の和之介のほか、法要に訪れた親類縁者は、牛込のすでに隠居をしている喜八の叔父、文乃の駒込の里の、これもすでに文乃の兄に家督を譲っている両親の三人のみであった。去年暮れの葬儀は、夫婦に倅の三人でひっそりと営んだ。そのときは、事情が事情だけに、そのように自粛すべきだと思った。だがこの法要は違う。あのときとこのたびは、事情がまったく違っていた。

親類縁者らは、子細は未だ不明ながら、去年暮れ、平井家嫡男の伝七郎が詰腹を切らされ、それを喜八が上役に病死と届け、しかも、葬儀すら喜八夫婦と次男の和之介のみで密かに執り行った事情に、同朋頭奥山春阿弥と平井伝七郎の間に何事か尋常ではないもめ事があったらしい、との噂を聞きつけていた。

平井家の親類縁者らは、平井家のあの能楽者が何をした、厄介なうつけ者が、と事情はわからずとも奥山春阿弥に睨まれぬよう、当面、平井家と表だったかかり合いを避けたほうがよかろう、という判断を働かせているのに違いなかった。

僧の読経が仏間に続く間、喜八は伝七郎を守ってやれなかったことを悔やみ、自分の愚かさを責めた。わが為すべきことを為すのみと、呪文のように頭の中で繰りかえし、こみ上げる苦渋に耐えた。

法要が終り、客に酒席を設けた。客を見送ったのち、喜八は四半刻ほど仮寝をした。昼の九ツ半（一時頃）すぎに目覚め、文乃の用意した茶漬けを急ぎしたためた。それから支度にかかった。下着は新しい物に替え、袖なしの鎖帷子を着こみ、革足袋をつけた。着物は上着細袴とも、無地染めの黒茶色である。

妻の文乃がやはり支度を手伝い、和之介が傍らでそれを見守った。文乃が、喜八の両刀を袖の上に戴いて言った。

「ご武運を、お祈りいたします」

ふむ、と喜八は頷き、両刀を腰に帯びた。

相模綱広一派の打刀で、黒塗鞘、縦形無文の鍔、純綿黒色撚糸ひねり巻の柄に、大小ともに小柄を差した。父親の番代わりで小十人に就いた折り、小柄とともに父親より譲り受けた。手入れを怠ったことはないが、父親も喜八もこれを抜いて斬り合ったことは一度もない。倅伝七郎の介錯で初めて使い、今日、初めてこれで斬り合うことになる。

自分の定めをこの刀にゆだねることになった武士の昂揚と、父親としての悔恨が、胸をきりきりと刺す痛みをともなってこみ上げた。

居室の文机に、折り封にした書状がおいてある。喜八はそれをつかんで、文乃に差し出した。

「今一度言っておく。すべてが済んだのち、前田三右衛門さまの屋敷へ向かい、これを差し出せ。この書面には事ここにいたった子細がすべて記してある。そのうえで、平井喜八は病死した旨を申し入れるのだ。伝七郎のときと同じだ。前田さまがどのようにおとり計らいになるか、お上のご判断がどのようにくだされるのか、心静かに待って、それに従うのだ」

前田三右衛門は、小十人衆七番組の組頭である。文乃が折り封を押し戴くと、喜八は和之介へ向いた。

「和之介、いたらぬ父のふる舞いにより、平井家の存続がかなわず、改易になったとしても、兄の伝七郎亡きあと、おまえが平井家の嫡男であることに変わりはない。仮令(たとい)、浪々の身になろうとも、おまえは武士だ。武士の志をおろそかにせず、平井家のご先祖さまを祀り、母を守って生き抜け。父はこれから出かけ、必ず首尾よく戻ってくる。おまえは別所龍玄どのとともに、父の切腹の介添役を務め、父の最期を目をそむけず見届け、武士として生きる糧(かて)にせよ」

「承知いたしました」

和之介は感きわまった若い声で言い、頬に伝う涙を止められなかった。

文乃と和之介は玄関の取次の間までで、喜八を屋敷の木戸門まで見送ったのは、父親の代より仕える老下僕の五兵衛(ごへえ)だった。この春六十歳になった五兵衛は、喜八へ菅笠を差し出し、

「旦那さま、無事のお戻りを、お待ちいたしております」

と、腰を深々と折った。

「五兵衛、わたしが戻ってきても、何ほどの言葉をかけられるかもわからぬゆえ、言っておく。長い間よく仕えてくれた。しかし、わたしに仕えるのは今日までだ。明日からは、和之介が平井家の主(あるじ)になる。まだ若輩者(じゃくはいもの)だ。よろしく頼むぞ」

五兵衛は頭(こうべ)を垂れたまま、咽(むせ)ぶような返事をかえした。喜八は菅笠をつけ、

玄関へ見かえった。式台上の取次の間に、文乃と和之介がまだ端座して、木戸門を出た喜八を、凝っと見守っていた。喜八が頷くと、二人は手をついて再び辞儀を寄こした。

五兵衛は、門の外に立って、足早に行く主人の後ろ姿が、富坂(とみさか)のほうへ往来を曲がって見えなくなるまで見送った。

喜八は、樹林が森のような広大な水戸家(みとけ)上屋敷の、土塀がはるか坂の上にまで続いている下富坂に出た。そして、富坂の上の午後の青空と雲を仰ぎ見たが、坂は上らず、水戸家の土塀と諸大名の上屋敷や中小の武家屋敷が土塀をつらねる境の往来を、水道橋(すいどうばし)へとった。水道橋を左手に見て、水戸屋敷の土塀を廻(めぐ)るように、小石川御門のある水戸屋敷門前をすぎ、なおも水戸屋敷の土塀沿いに百間長屋の往来を行った。

百間長屋の往来をすぎ、水戸屋敷の西側、小日向の武家地を流れる上水端(じょうすいばた)へ出ると、白堀(しらほり)と呼ばれるおよそ堀幅三間の上水の堤道(つつみみち)をとって、荒木坂(あらきざか)へ向かった。

小日向の荒木坂上の屋敷地に、同朋頭奥山春阿弥の屋敷があって、春阿弥の駕籠(かご)が登城下城(とうじょうげじょう)に通るのがこの道だった。

小石川の高台から小日向へくだり、上水と江戸川を挟んで牛込の高台下まで、武家屋敷や寺々が占め、町家は上水端の寺の門前や武家屋敷の隙間に、小さく散らばっているばかりである。牛込の高台に、赤城明神の草色の屋根が、南方の綺麗に晴れた空を背に望めた。

やがて、第六天をすぎ、上水に架かる板橋を小石川側へ渡り、荒木坂へ差しかかった。

荒木坂は、第六天前町と称名寺門前の小さな町家の間を、幅二間二尺（約四メートル）に五丈（約十五メートル）余を上る小坂である。坂の両側に、称名寺や第六天詣での客目あての、腰掛茶屋や土産物屋、小さな食べ物屋などがひっそりと並んでいるものの、参詣客は多くはなく、売り声や客引きの声もない人通りのまばらな町家だった。第六天前町の東方は、御先手組の組屋敷や武家地の土塀が、坂の上へと延び、荒木坂を上って武家地に入ると、どの屋敷も門を固く閉じて、通りがかりともあまり出会わない閑静な一帯になっていた。

春阿弥を討つと決心してから、どこでどのようにと思案し、荒木坂で下城途中にと決めた。坂の中腹の第六天前町に腰掛茶屋があって、葭簀を坂道にたて廻し、土間の縁台か店の間に上がって、茶を一服することができた。軒におやすみ処の旗を垂らし、土間奥の煙出しから、竈の灰色の煙が、板葺屋根の上へゆるく這うように上っていた。坂道に開いた店の間の上がり端に腰かけると、たて廻した葭簀の間に、坂下の上水に架かる板橋が見えた。

決行の日は、伝七郎の満中陰の法要を執り行った夕刻がよいと思った。

五日前だった。喜八はこの腰掛茶屋の葭簀の陰に隠れて、春阿弥を乗せた青漆の鉄鋲駕籠が上水の板橋を渡り、荒木坂を上ってくるのを見つめていた。駕籠は、陸尺が前棒後棒の各二人で、用人の西沢半三郎が先導し、駕籠わきに添番の二十俵二人扶持の表坊主がひとり、ついていた。

いかに江戸城御用部屋に務める御目見以上ではあっても、職禄二百俵の同朋頭が、登城下城に鉄鋲駕籠に乗るのは身分違いだった。だが、いかなる名目なのか、四人の同朋頭のうち春阿弥にのみそれが許されているのは、幕閣や有力諸大名とつながりの深い、春阿弥の陰の力の大きさを物語っていた。

駕籠が腰掛茶屋の前近くまできたとき、喜八は荒木坂に走り出て、西沢半三郎の前に片膝つきになって言った。

「しばらく、しばらく、平井喜八でござる。春阿弥どのにお訊ねいたしたき儀がござる」

西沢が不意に現れた喜八に目の色を変え、

「おのれ、このような往来で物乞いごときふる舞い、無礼千万。退がれ退がれ」

と、荒々しく叱りつけた。

「西沢どの、そうではない。お屋敷にお訪ねいたしても門前払いをなさるゆえ、かようにいたさざるを得んのです。何とぞ、春阿弥どのに取次いでいただきたい」

「ならん。旦那さまは、おぬしに話すことなどない。目障りな。行くぞ」

西沢が後続の陸尺と添番の坊主に見かえり、喜八を相手にせず行きかけるのを、喜八は、西沢の傍らをすり抜け、

「春阿弥どの」

と呼びかけ、駕籠へ走った。慌てて喜八を押し止めようとする西沢の手を掃い、駕籠わきの坊主を押し退け、駕籠に手をかけて漆塗りの引戸を引き開けた。

春阿弥は目を瞠って怯えていた。

「春阿弥どの、お訊ねしたい」

道に跪いて言ったとき、

「狼藉者」

と、西沢が喜八の肩を蹴り飛ばした。喜八は横転したが、すぐに立ち直って、

「武士を足蹴にするか」

と、思わず刀の柄に手をかけた。

「おのれ、抜くか。狼藉、狼藉者だ」

西沢が大声を上げて助けを呼び、自らも刀の柄をにぎった。町家の表店の者や住人らが、突然の騒ぎを聞きつけ、坂道に出てきていた。

「そうではない。お訊ねいたしたいことがあるだけだ。狼藉者ではござらん」

喜八は抜刀を思い止まり、西沢を手で制して後退った。その隙に、春阿弥の駕籠は、逃げるように荒木坂を上って行く。

「春阿弥どの、お待ちくだされ」

喜八が追いかけようとするのを、西沢が抜刀のかまえで立ちはだかった。西沢に行手を阻まれ、刀を抜くわけにはいかず、睨み合いになった。そこへ、数人の侍が通りかかり、西沢は侍らへ助勢を求めた。

「狼藉者でござる。同朋頭・奥山春阿弥さまのお乗物を襲った狼藉者でござる」

侍らは、「何者」とただちに応じ、喜八をとり押さえにかかった。

「違う。違うのだ」

と、喜八は荒木坂を上って行く駕籠を空しく目で追いつつも、侍らから逃れて引き退かざるを得なかった。

それから五日がたって、今日という日がきた。喜八は、菅笠をかぶったまま、腰掛茶屋の亭主の出した煎茶を一服した。葭簀の隙間より坂下の板橋を見守り、伝七郎、わたしを許してくれ、と呪文のように唱えた。

五

惣領の伝七郎が、小石川や牛込、市ケ谷のお屋敷地あたりで、《遊楽さん》と呼ばれているのを知ったのは、二年前だった。

十代の半ばに伝七郎を元服させた。だが、武家の惣領らしく、剣術の稽古に励むのでも学問に精を出すのでもなく、双紙を好み、伝奇などの読本に耽り、また道場へ行くと偽って、下谷の広小路や外神田の明き場の原などへこっそり出かけ、大道芸や辻講釈、小屋掛で芸人らの演じる落とし話や手妻、曲独楽、皿廻し、踊りや端唄などの音曲、そういうものを好む《好き者》めいた気性が、十六、七の若衆のころから、伝七郎に芽生えているらしいのはわかっていた。

伝七郎は母親・文乃の祖父に顔つきが似ているらしく、色白の可愛げな顔だちで、気だても柔和だった。

文乃の祖父は能楽者で、里の家にずいぶん心配をかけた人だったらしい、と文乃は親や親類から聞かされていた。軽輩ではあっても公儀番方小十人衆の平井家に嫁いだ文乃は、伝七郎の武家の惣領らしくない柔弱な気性を、能楽者だった祖父に似ているのではないか、こんなことで小十人衆の旗本・平井家の家督が継げるのであろうかと、気をもんでいた。

それは喜八も同じで、文乃に、「放っておいてよいものでしょうか」と訊かれ、放っておいてよいとは思えず、

「よくないな。言って聞かせよう」

と、伝七郎を呼んで叱ったことはあった。

その一方、喜八は柔弱と思えるけれど、伝七郎の気だてが、言葉では叱っても、内心では言うほど嫌いではなかった。不快でもなかった。喜八にくどくどしく叱られ、細身の身体をすぼめてしょげて聞いている姿や、ふと、まだ幼童だったころの面影を残した顔を、悲しそうに向けてきたりする仕種が、なんとも頼りない、と苛だちを覚えつつも、倅を守ってやらねばという愛おしさが湧いて、叱る気が

失(う)せるのだった。

「おまえは、軍陣の折りは、殿さまをお守りする親衛隊にして、殿さまご出行(しゅつぎょう)のお供をする小十人衆・平井家の跡とりぞ。禄は低くとも、小十人衆は御目見以上の番方の旗本なのだ。番方は強くなければならん。母を心配させるな」

喜八は、声をやわらげて言いながら、殊勝に、はい、と頷いて見せる倅の様子に、まあよい、いずれ自覚するであろう、それまでは自分が御奉公に精を出せばと、自分自身を納得させてきた。

だが、伝七郎の《好き者》めいたふる舞いは、喜八や文乃の心配をよそに、改まる気配はなかった。むしろ、そういう気性にまるで芯が通りつつあるかのように、着流しに両刀を重たそうに帯びてはいるものの、ふらりふらりとのどかに出かける姿が、ご近所でも噂されるようになっていた。

「能楽者と言われて、親に心配ばかりかけていた祖父もああだったのでしょうか。わたしが幾ら言っても、返事は素直なのですが、柳に風のようで……」

と、文乃は嘆いた。

喜八は、また伝七郎を呼び、「いい加減にしろ」と、前より厳しく叱った。

「おまえは大道芸の芸人になりたいのか。跡とりのおまえがそれでは、平井家が世間の笑いものになって、ご先祖さまに申しわけがたたぬではないか」

するとと、伝七郎はうな垂れたまま、か細い声で言った。

「平井家は、和之介に……」

「馬鹿者っ」

近所に聞こえるほどの大声で叱りつけた。

だが、あのとき喜八は、伝七郎の包み隠さぬ素直な、飾り気のない自由な性根が何かしら可愛げがあって憎めず、いい歳をしてと呆れ、この子は知恵が足りぬのかと嘆きつつも、跡とりのことは、もう少したってから考えよう、と思ったのだった。

喜八は、伝七郎が《遊楽さん》と呼ばれているのを聞くまで、迂闊にも気づかなかった。

伝七郎は、二十歳をすぎた二十一、二のころから、手妻や曲独楽や皿廻し、踊りの道具などを大風呂敷にくるんで、それを老下僕の五兵衛に持たせ、小石川や小日向界隈のお屋敷地を気の向くままに歩き廻り、どこのお屋敷と限らず案内なしに通って、あまり上手くもない手妻や曲芸、踊りなどを家人が苦笑したり囃したりする前で無邪気に演って見せ、飽きたら暇乞いもなしにさっさと退散して

しまう、そんな妙なことをやり始めていた。供をしている五兵衛が、

「平井家の伝七郎さままで」

と、言って廻るので誰も怪しまず、ああ、あれは平井家の能楽者かと、素性が知れて安心なので咎めるでもなく、かえって面白がられ、そのうちに、五兵衛をともなってのらりくらりと行く伝七郎を見かけると、

「伝七郎さん、お入り」

と、お屋敷のほうから《お声》がしばしばかかり出した。すると、伝七郎は喜んでお屋敷へ通り、気の向くままに素人芸を演ってひとしきり屋敷の者を面白がらせ、芸に飽いたら、ぷい、と気の向くままに姿を消してしまう。それがだんだんと評判になって、伝七郎の遊芸は、小石川や小日向界隈から、牛込、市ケ谷、四谷のお屋敷地あたりまで広がっていき、誰が言い出したか、《遊楽さん》と呼ばれるほど、あちらこちらのお屋敷のほうから呼びにくるほどになっていった。

「遊楽さんがきた」

伝七郎と供の五兵衛が通りかかると声がかかり、伝七郎も遊楽さんと声をかけられるのを嬉しがって、武士の体裁などどこ吹く風で、ふわりふわりと、まるで浮かれ暮らしているかのようなふる舞いは収まらなかった。

そんな評判が、喜八の耳に入らないわけがなかった。ある日、傍輩から、

「平井の長男は愉快な男だな。遊楽さんなどと呼ばれて、うちの近所でも評判だぞ」

と、伝七郎の妙な遊芸を教えられ、喜八はあまりの気恥ずかしさに顔が上げられなかった。屋敷に戻って文乃に訊ね、そのとおりであることを知り、なんとも言いようのないやりきれなさを覚えた。文乃は言った。

「あなたが心配なさると思って、言わなかったのです。五兵衛を行かせたのは、わたしが止めても、こっそりと隠れて行くだけですから、五兵衛が一緒ならまだ安心ですのでね。でも、五兵衛も案外に面白がって、伝七郎の様子をいろいろと話してくれます。五兵衛から聞いて思いました。わたしが言っても、たぶん、あなたが言っても、あの子は変わりません。あの子はそういう子なのです。あの子はそれでいいのかもと、このごろは、思うようになりました」

能楽者め、と思いつつ、やはり伝七郎を愛おしむ気持ちが働き、喜八は、諦めのため息を吐くしかなかった。跡とりのことは、もう少したってから考えよう、と思って今日まできた。だが、そろそろ決断せねばと、喜八は妻の文乃と初めてそれを、つまり、《惣領除》を真剣に話し合った。

しかし、そうと決めてから、二年近くがたった。和之介の元服も済ませ、いつでも惣領除の届けを出せたが、それをしなかったのは、ころ合いと思いつつも、そうと決めたらためらう気持ちが働いて、慌てることもあるまいと、先延ばしにしていた。

あれは一昨年の夏の宵だったか、安永のころに流行り始めた新内節を、伝七郎が自分の部屋で何心なしに口遊んでいるのが、聞こえてきたことがあった。喜八はひとり居室にいて、行灯の小さな明かりを灯し、蚊遣りを焚いてうすい煙を燻らせ、夜の帳が気だるく下りたばかりの庭を、ぼんやりと眺めていた。蛾が飛んできて、蚊遣りの煙に部屋の隅へ追いやられ、小さな羽をばたつかせて戸惑っていた。そこへ、伝七郎の何心ない口遊みが、宵闇にまぎれ、人目を忍んでくるかのように、ゆらめき流れてきたのだった。

　かはる枕のをかしさを、しよては互ひにきやくであひ、それからあとは色であひ、今はしん身のめうとあひ、あきもあかれもせぬ中……

喜八は、男と女の情味を語る曲節にうっとりと聞きほれながら、実らぬ色恋の果ての道行やら情死やら、埒もないことをはしたない、と聞きほれている自分を咎めた。

伝七郎、やめよ。近所に聞こえる。

と、武士の面目になんの役にもたたぬ男と女の虚仮の沙汰など、自分には縁のないくだらぬ情味のはずが、言うに言われぬやる瀬なさに足をすくわれ、立つこともできなかった。喜八は、あの宵の伝七郎の曲節が忘れられなかった。

同朋頭奥山春阿弥の拝領屋敷は、小日向の白堀から荒木坂を上った小石川の武家屋敷地にあった。

春阿弥には、沙花という、寛政元年に十八歳になった末娘がいた。春阿弥は、遅くに生まれた末娘の沙花を殊のほか愛おしみ、慈しみ育て、器量よしに育った沙花の嫁ぎ先は、身分家柄が、公儀の高官に就ける旗本の御曹司か、あるいは諸大名の家臣ならば、沙花を他国へ行かせないよう、江戸藩邸勤番に限った、いずれは江戸屋敷の外交掛に就ける由緒ある名門の武家でなければならないと、常々考えていた。

その沙花が、父親の知れぬ子を孕んだとわかったのは、去年、寛政元年の冬だった。

春阿弥は奥方よりそれを聞かされて、腰を抜かしそうなほど驚愕(きょうがく)し、怒りに身体を震わせた。即座に、奥方と二人だけで沙花が夜着をかぶって縮こまる寝間(ねま)へいき、一体どういうわけだと、怒りを懸命に抑えて沙花を問いつめた。沙花は夜着に隠れて、いやいや、と首を震わせ咽ぶばかりだった。

「父(とと)さまに、お答えしなさい」

と、奥方がなだめすかしても叱っても、埒(らち)が明かなかった。

「沙花、答えぬか。あ、相手は誰だ」

春阿弥の太く重たい声が畳を震わせた。

沙花も夜着に隠れてはいても、震え上がっていた。平常は沙花に優しく甘い父親だが、一旦、怒りに触れると、蛇のように恐ろしく残虐な父親になることは、沙花のみならず、屋敷中の者が知っていた。それも、沙花ごときをひと呑みにする大蛇である。

「沙花、父さまをこれ以上怒らせたら大変なことになります。どちらの方なのですか。お武家さまなのでしょう。仰いなさい」

奥方がささやき声ながら、厳しく言った。沙花は観念し、夜着に隠れたくぐもった声で、

「遊楽さん」

と、恐る恐る言った。

奥方にも、むろん春阿弥にも、くぐもってはいてもそれは聞こえた。だが奥方は、

「はい？　どなたですと」

と訊きなおし、春阿弥は、すぐには呑みこめず、蛇が鎌首をもたげたように、肉のでっぷりとついた首をかしげた。

「あのね、遊楽さんがね……」

沙花は泣き泣き、幼い童女が父親に甘えて言うように、かろうじて繰りかえした。奥方は啞然とし、口が利けなかった。

「だ、誰だ。ゆゆ、遊楽とは」

春阿弥が、湯が沸きそうなほどの怒りに震えて、奥方に質した。

「あの、はい、下富坂の平井家の跡とりで、とき折り屋敷に勝手に入ってきて、妙な芸を演って見せる、あ、あなたも一度ご覧になったことがある、ちょっとお

つむが……」

うろたえる奥方が言い終る前に、春阿弥は見る見る、かっと見開いた目に青白い炎が燃える蛇の形相(ぎょうそう)になった。

「なんだと。貧乏旗本の、ひ、平井の馬鹿息子だと」

春阿弥が、まるで石をかみ砕くような歯軋(はぎし)りをして、奥方を怯えさせた。

小十人は旗本ながら、将軍親衛隊の御番方(おばんかた)の一番尻で、職禄百俵十人扶持の、「百俵六人泣き暮らし」と、言われるほどの貧乏旗本である。

「あの阿呆(あほう)の、のらくらの伝七郎か。なんたることだ。選(よ)りにも選って、あの虚仮がわが娘を。おのれ、伝七郎め、おまえをこの世から消してやる。絶対に生かしてはおかん。この報い、受けさせてやる」

許さん、許さん……

と、絞り出した憎悪のこもった野太い声が、屋敷中に響きわたった。

六

翌々日、喜八は七番組頭の前田三右衛門に呼ばれた。小十人衆の江戸城詰所は組頭ともに檜之間で、ひと組二十名が十一組で、ひと組に組頭は二人である。

「お呼びにより、参りました」

喜八が、前田三右衛門の執務机の前へ進み端座した途端、三右衛門は待ちかねていたように、不機嫌そうな顔つきを喜八へしばし投げた。それから、向こうへ、と三間半と八間半の広い部屋の一隅へ喜八を導いた。

「前田さま、御用を承ります」

三右衛門が、膝を突き合わせるほどの近くに対座したので、喜八は内密の御用を察し、小声で言った。

「大きな声では話せぬ。ほかの者に聞かれてはならぬのだ。平井家のためにもな」

三右衛門は解せぬ言い方をし、唇をへの字に曲げた。

「は？ 平井家とは、わが平井家のためにもでございますか」

「そうだ。ほかに平井家は知らん」

「解せませぬ。何とぞ、御用をお申しつけください」

「伝七郎は、遊楽さんは相変わらずか」

喜八は一瞬、無礼な、と思ったが、すぐに気分を改め、冷やかにかえした。

「相変わらずかどうか、それはわかりませんが、穏やかに暮らしているように見受けられます。変わったことがあれば、妻が知らせてくれるはずです」

「遊楽さんは平井家の嫡男だな。嫡男があれでは、つらいところだな」

「前田さま、倅は伝七郎でござる。遊楽さんではなく、伝七郎でお願いいたします。何ゆえ、それがしをお呼びでございますか」

「平井、いい話ではないぞ」

三右衛門は、周りをわざとらしく見廻した。

喜八は、少しくどいと思った。

「昼前、小十人頭の佐野さまが若年寄の安藤対馬守さまに呼ばれたのだ。決してほかに知られてはならない、内々にと強く釘を刺されたうえで、こんなことを言われた。同朋頭の奥山春阿弥どのの沙花という末娘のことだ。歳は十八歳。その沙花が、このたび身籠った。沙花は嫁入り前の娘だ。好いた男と密通いたし身籠った、というのではない。どうやら、意に沿わぬ男に言い寄られ、沙花は拒んだところが、男は押して不義におよんだ。沙花は男の力に抗えず、手籠めにされ、挙句に子を孕んだ。沙花に相手は誰かを問い質したところ、ある者の名が出た」

喜八は固く沈黙し、三右衛門を凝視していた。胸が激しく鳴っていた。押して不義とは、強姦(ごうかん)のことである。

「沙花は、遊楽さん、と言ったのだ」

三右衛門が言った。

「遊楽さんとは、おぬしの倅の伝七郎のことだ。わかっておるな。伝七郎が沙花を襲い、手籠めにした。とんでもないことを、してくれたものだ」

喜八の口の中が干涸(ひから)びて、口を上手く動かせなかった。無理やり唾を呑みこんで、ようやく言った。

「伝七郎は、そのようなふる舞いをする男ではありません。心優しき男です」

「なぜわかる。二十歳をすぎた若い男だぞ。外には優しくよき者のごとくに装ってはいても、内には淫(みだ)らな妄想がたぎっていてもおかしくはない。ある意味、そういう年ごろと言えなくはない。おぬしにもそういう年ごろがあったはずだ。わたしも若いころは、淫らな思いで頭の中がいっぱいだった時期がある。幸い、それを表に露わにすることはなかった。あえて言うが、伝七郎は、遊楽などと呼ばれ、ふらふらとあてもなく外をうろついて、あのような奇矯(ききょう)なふる舞いをしておるのだ。節操のある武士の家の者とは、到底(とうてい)思えん。まともな善悪の判断などできぬのだろう。盛りがついて、伝七郎は自分を抑えられなかった。そうではないのか」

「伝七郎は、頭の悪い男でもありません。むしろ、物覚え、物わかりは人より優れ、幼きころより、素直な純朴な育てやすい倅でした。確かに、武士の家の者らしさには欠けるかもしれません。しかしそれは、わたしのように剣術武芸だけの武骨者とは違い、伝七郎の嗜好が別のところにあって、傍からはわからぬ情感の濃やかな……」

「だから、わからぬのであろう。伝七郎が父親のおぬしにも見せていない内心に渦巻いておる邪な妄想は、知らぬのであろう」

喜八は一瞬、言葉につまった。伝七郎が、気の向くままに、ふらりふらりとお屋敷地を歩き廻る姿が脳裡をよぎった。違う、伝七郎ではない、と喜八は思った。

「伝七郎がお屋敷地を気の向くままにうろついておるのは、おのれの好きな遊芸を演って見せて人を楽しませ、それがおのれ自身も楽しいゆえです。出かけるときは、父の代からわが家で奉公しております五兵衛と申す年配の下男を、供に従えております。万が一、伝七郎がおのれを見失うようなふる舞いをしたなら、五兵衛がたしなめるはずです。前田さま、伝七郎が沙花どのに、押して不義におよんだとは、いつ、どこで、どのようにそれは行われたのでございますか」

「こっそりと、親の目を盗んで、ひとりで出かけることぐらいはあるだろう。相手は十八のか弱き娘ぞ。子細はつらくて話せないと言うておるそうだし、無理もないことだ。何より、同朋頭の奥山春阿弥どのが、嫁ぐ前の大事な娘が、このような理不尽なふる舞いで汚されたことを、断じて世間に知られたくはない。これが世間に知れわたれば、娘は自害しかねないほど恥ずかしく思っている。どうか表沙汰にはせず、罪を犯した者を断罪し、娘がこうむった恥辱を晴らしていただきますようにと、安藤さまに泣きつかれたのだ」

三右衛門は、周囲をまたわざとらしく見廻し、いっそう声を低めた。

「手籠めにされた沙花本人が、遊楽さんだと言うておるのだ。間違えるわけがなかろう。いつどこでどのように、などと言う前に、武士として為すべきことがあるはずだ」

「武士として、為すべきこと？」

三右衛門は口をへの字に結び、顔をそむけた。

檜之間は何やら静かで、ほかの組頭らは、先ほどから部屋の一隅でひそかなやりとりを交わす喜八と三右衛門を、見ないようにしているふうに思われた。

「そうまで言われるなら、いたしかたございません。ただちに屋敷へたち戻り、当人に厳しく問い質してまいります」

　喜八が立ち上がるのを三右衛門は見上げ、

「平井、あまり猶予はないぞ。安藤さまは春阿弥どのに同情を寄せられ、押して不義とは武士にあるまじきふる舞いとご立腹だ。世間に知れわたらぬよう、早々に始末をつけるべしと、佐野さまに厳しく言いつけられたのだ。わかっておるな」

　と、三右衛門は冷やかに投げつけた。


　下富坂町の拝領屋敷に戻るまで、伝七郎と五兵衛が出かけておらねばよいがと、気が気でなかった。屋敷に戻ると、文乃と伝七郎、それに五兵衛が出迎え、文乃は平常より早い下城を訝って、

「お顔色が優れません。お加減が悪いのですか」

　と、喜八の身を案じた。

「大事ない。和之介は」

「昌平黌より、まだ戻っておりません。和之介に何かございましたか」

「そうではない。伝七郎、訊きたいことがある。すぐ、わたしの部屋にきなさい。

五兵衛も参れ。おまえにも訊かねばならぬ」

五兵衛は、普段と様子の違う主人に、「は、はい」と戸惑いを見せた。伝七郎は訝しそうに首をすくめ、喜八の顔つきをうかがっていた。喜八は、武士ならもっと毅然としろ、とつい声を荒らげたくなったが、それはかろうじて思い止まった。

「あなた、お召し替えは」

「よい。また出かけることに、なるかもしれん。呼ぶまでこぬように」

裃を着替える間も待てなかった。伝七郎が殊勝に、後ろをついてきた。五兵衛は勝手側に廻って上がり、「畏れ入ります」と居室に入って伝七郎の後ろに控えた。

喜八は伝七郎と対座し、童子の面影を残した色白の優しい顔だちを、しばし見つめた。背丈は大柄な喜八と変わらぬが、若木のように痩せて頼りなかった。鍛えておらぬのだな、と毎日顔を合わせてわかっているのに、つまらぬ落胆を覚えた。

「伝七郎、五兵衛、妙なことがあった。伝七郎、おまえにかかり合いのある、まことに妙な事態になったのだ。これから話すことは、誰にも決して言うてはならん。母(かか)にも、和之介にもだぞ」

伝七郎は真顔になって、きまりが悪そうに肩をすぼめて頷いた。五兵衛も同じように、白髪まじりの小さな髷(まげ)の頭を頷かせた。

それを話すのに、長いときはかからなかった。あれを訊こう、これも確かめねば、と屋敷に戻るまで考えていたことが、気が昂(たかぶ)っている所為か思い出せず、ただ、激しく胸が鼓動し、もどかしさが腹の底に溜まった。伝七郎は肩をすぼめた姿勢を変えず、呆然とした顔つきを、喜八との間の畳に落としていた。五兵衛は、伝七郎の背中へ目を向け、少しそわついた素ぶりに見えた。

「伝七郎、ありのままに申せ。おまえは武士の倅だ。偽り隠し事はならん。わたしは、おまえがそのようなことをする男とは、思っていない。思いもしなかった。だが、なぜなのだ。春阿弥どのの娘の沙花を、好いたのか。それとも、ただ、女(にょ)体(たい)を貪(むさぼ)りたかったのか。頼む。本途(ほんと)のことを言うてくれ」

喜八は、声を絞り出した。

「あの、父上……」

と、伝七郎は眉をひそめ、ひどく困ったような顔を上げた。

「ふむ、申せ」

「わたしは、あの、なんと申してよいのでしょうか、わたしは、あの、お、女子を知りません。女子の、手に触れたこともありません」

「何、女子を知らぬ？」

伝七郎の困ったような顔が、ほんのりと羞恥に赤らんだ。二十三歳の男が、未だ女体を知らぬことを、恥ずかしがっていた。五兵衛を見ると、そのとおりで、と言いたげに首肯した。

「では、春阿弥どのの娘の沙花を手籠めにしたあの話は……」

喜八はかえって戸惑いを覚えた。

「おまえは沙花に、手を出しておらぬのか」

伝七郎は、こくり、と確かに頷いた。

「五兵衛、まことか」

「はい。わたくしが伝七郎さまのお出かけの折りは、必ずお供をするようにとご新造さまに申しつかりまして、一年と十ヵ月ばかりになりましょうか。伝七郎さまも、どこへお出かけになるときでも、五兵衛行くよと、お声をかけられますので、間違いございません。ご新造さまにはご報告いたしておりますが、伝七郎さまは、気の向くままに界隈のお屋敷廻りをなさるだけではございません。希に、明き場の原へも大道芸を見に行かれ、その折りもお供しております。お屋敷廻りをなされれば、このごろは大抵、お屋敷のほうから、遊楽さん、と呼びにきますので、伝七郎さまは呼ばれたお屋敷で思う存分、お好きな芸をご披露なされ、どこのお屋敷でも、殊に女子衆に喜ばれます。ですが、女子衆に声をかけられますと、伝七郎さまは照れ臭いようで、手妻などはよく失敗なさいます。そうしますと、それがまた女子衆には面白いようで、かえって女子衆に騒がれます。それが苦手と申しますか、お供をしてご様子を見る限り、伝七郎さまは、おそらく、女子衆にはだいぶ奥手のようでございます」

「そうか。そうなのか」

喜八は、少し気が楽になった。顔を赤らめうな垂れている伝七郎を、不憫に思った。自分の若いときもそうだったな、おれに似たか、とほろ苦い思い出が甦った。

「ならば、よいのだ。わかった。どうやら誤解があるようだ」

と言った途端、ではなぜだ、と疑念がよぎった。言いようのない不安が押し寄せ、喜八は息苦しさを覚えた。

「わたしは城へ戻る。伝七郎、しばらく屋敷を出てはならん。これ以上、妙な事態に巻きこまれてはよくない。誤解が解けるまで、大人しくしておれ。五兵衛、頼むぞ」

伝七郎は頭を垂れてしょげ、五兵衛はそんな伝七郎の丸めた背中を、いたわるように見守っていた。

喜八は急ぎ城へ戻った。組頭の前田三右衛門にその旨を報告した。だが、三右衛門は憮然として顎をなで、

「ほう、さようか」

と、曖昧に言っただけだった。先刻の、くどいほどの物言いとはまるで違っていた。

翌日の丸一日、喜八の疑念と不安は去らなかった。前日の三右衛門の曖昧な素ぶりが気になっていた。ちゃんと調べなおせば、疑いは解けるはずだ。むずかしい調べではない、と自ら言い聞かせながらも、じわじわと肌を疵つけられるような不快に、苦しめられた。

そして、二日目もそのようにすぎた午後遅く、喜八は組頭の前田三右衛門ではなく、小十人頭の佐野潤五郎に、小十人頭が詰める躑躅之間へ呼ばれた。躑躅之間は、本丸中之口から中之口御廊下を北へとり、御納戸元方の手前を西へ折れ

た突きあたりにある。

偶然か、それともそのようにとり計らったのか、躑躅之間には佐野潤五郎と前田三右衛門の二人だけがいて、喜八を待っていた。喜八は居並ぶ二人に対座し、手をついた。

「御用を承ります」

喜八が言うと、潤五郎が浅黒く扁平な面のような顔を喜八からそらさず、いきなり素っ気ない言葉を投げてきた。

「で、どうする、平井」

「は、どうするとは？」

喜八は頭だけをもたげ、潤五郎に問うた。

「とぼけるな。おぬしの倅の伝七郎の処分についてだ。安藤さまが、始末が遅れておるゆえ苛だっておられる。伝七郎の処分が遅れて事情が表沙汰になっては、娘が乱暴されたうえに周囲にも恥辱を曝し、それでは春阿弥親子が二重の苦しみを受け、あまりにも可哀想だと仰られた。もっともだと思う。だから、平井、さっさと済ませるのだ」

「何を、済ませるのでございますか」

手をついたまま、喜八は身を潤五郎へ乗り出した。隣の三右衛門が、ちっ、と舌を鳴らした。喜八は三右衛門に言った。

「沙花どのが身籠られた一件につきましては、倅・伝七郎を厳しく問いつめ、伝七郎はそのようなふる舞いは決してないと申しており、その旨を前田さまにお伝えいたしました。前田さまはさようかと言われました。おわかりいただけたのでは、ございませんか」

「戯(たわ)けを申すな。伝七郎はしらばくれる気かと、それでも武士かと、呆れたのだ。佐野さまと二人で、頭を抱えたわ」

「伝七郎はわが倅です。不束者(ふつつかもの)ではございますが、武士でござる。武士に二言は、ございません」

三右衛門の目を嘲笑が一瞬かすめた。

「平井が倅を庇(かば)いたい気持ちは、わからんではない。平井家を貶(おとし)めるつもりもない。だが、頭を冷やしてようく考えてみよ。押して不義を働かれ、心ならずも身籠ってしまった沙花どのに、恥辱を表沙汰にされたくないという以外に、偽りを言う理由は何もないのだ。そうではないか。伝七郎は、遊楽などとあたかも大道芸人のように名乗って、喜んでおるうつけ者ぞ。そんな下賤(げせん)な者らの真似事をして恥とも思わぬ伝七郎の言葉を、誰が真に受ける。おのれを庇い、偽りを申しておるのに決まっておる。よくも武士に二言はないなどと、抜け抜けと言えるものだ。武士の魂を弄ぶな」

「無礼を申されますな。わたしは武士の魂を弄んでなどおりません」

喜八は思わず声を荒らげた。

部屋の外の御廊下を通る摺足が、喜八の声を聞きつけ、立ち止まった。

「やめよ。黙れ」

潤五郎が喜八を咎めた。

「平井、伝七郎の罪は明らかだ。最早逃れようがない」

「それは違います。佐野さま、今一度お調べなおしをしていただければ、伝七郎の潔白は明らかになります。伝七郎は、未だ、女子の手さえにぎったことのない男でございます。前田さまにも申し上げました。伝七郎は女子を知りません」

「黙れと言うのに、みっともない」

潤五郎は、汚いものを見るように顔をしかめた。三右衛門はうす笑いを浮かべていた。

「よいか。これはな、安藤さまにおうかがいをたて、春阿弥どのもそれでいたしかたなしと折れられたゆえ、せめて、代々小十人衆を継いできた平井家のためを慮って、一同が同意したことなのだ。春阿弥どのは、同朋頭の中でも将軍家斉さまに最も目をかけられている方だ。御執政御参政は申すにおよばず、諸役の旗本、諸大名の重役方とも懇意を深めておられる。表向きの役目は小姓衆の下役にすぎぬが、実際の権勢には、御老中さまですら一目をおかれるほどなのだ」

同朋頭は、日常、幕閣老中若年寄の御用部屋に詰め、諸大名諸役人へ下達する公文、また諸大名諸役人より幕閣へ上申する書状は、すべて四人の同朋頭の手を経由して届けられる定めであった。

十人の同朋衆の上に立つ四人の同朋頭は、江戸城表奥の御坊主衆総体を指揮監督し、将軍の御成の節は御先に相立ち、御駕籠に供奉する役目であった。ゆえに、幕府の施策、方針、人事、そのほかすべての事情や、将軍の動向すらを、表だってはなんの権限もないが、ただ知りつくしていた。諸役人や諸大名の聞番や御留守居の外交掛は、遅耳にならぬよう同朋頭との知己を求め、つながりを深めなければ、役目が務まらなかった。

そのため、同朋頭には諸大名諸役人より、夥しい金品がもたらされ、職禄二百俵の同朋頭の陰の禄は、数千石の旗本に匹敵すると言われていた。

その四人の同朋頭の中でも、奥山春阿弥は筆頭格であり、有力な旗本諸大名にも顔が広く、のみならず、春阿弥は将軍家斉に殊のほか目をかけられており、幕閣でさえ、春阿弥の意向を汲みとり、忖度しなければならなかった。よって、これも表だってではないものの、凄まじい陰の権勢が、春阿弥にもたらされていた。春阿弥がその気になれば、小十人衆ごとき旗本の家を改易に追いこむのは、容易いことだった。

潤五郎はそれを、露骨にほのめかした。

「このたびのことで、春阿弥どのは、平井家の改易を、と安藤さまに強く求められた。伝七郎の断罪は当然ながら、平井家の改易にまでおよべば、沙花どのの事情が明らかになり、沙花どのをかえって苦しめかねないと説得し、よって、それはぎりぎりまぬがれた」

「何を証拠に、そのような……」

喜八の唇が震え、言葉が続かなかった。

「おぬし、存外、頑なだな。能楽者の伝七郎とともに、平井家を潰してよいと思っているのか。手籠めにされ身籠った沙花どのの、遊楽さん、という言葉以上の証拠があるか。それとも、別の遊楽さんがいるとでも言うのか。平井、いい加滅にせよ。ぐずぐずしておられん。明日だ。明日、伝七郎病死の届けを前田に出せ。弟がいたな。弟を跡とりにして、よい時期に番代わりさせ、ご先祖さまのためにも、平井家の存続を図れ」

七

凄まじい圧力が、のしかかっていた。

喜八は抗しかね、喘ぎ朦朧として、どういう道順で、荒木坂上の春阿弥の拝領屋敷の門前まできたのか、定かに思い出せなかった。西の空の端は真っ赤に燃えて、冬の日が暮れかかっていた。

喜八は、瓦葺屋根の長屋門の分厚い門扉を、勢いよく打った。

「ごめん。ごめん。申し上げます。同朋頭・奥山春阿弥どのにお取次を願いたい。それがし、公儀小十人衆平井喜八と申す。何とぞ春阿弥どのにお取次を……」

喜八は激しく門扉を打ち続け、声を張り上げた。喜八の大声に驚いたどこかの犬が、けたたましく吠え出した。手足がかじかむほどの寒気が、夕闇深まる門前の往来に下りていた。だが、刺すような寒気も手足の凍えも、自分自身への怒りが溶かした。むしろ、もっとおのれを責め苛（さいな）めとすら思った。

「春阿弥どの、何とぞ、開門をお願い申す。ごめん、ごめん……」

屋敷内の応答はなかった。それでも、喜八は諦めなかった。声がかれるまで叫び続け、骨が砕けるまで、門扉を打ち続けるつもりだった。犬が喜八に呼応して吠えていた。

とうとう、門内に人の気配がし、門扉ごしに煩わしげな声がかかった。

「どちらの平井さまかは存じませんが、いたずらに門前で騒がれては、近所迷惑でございます。旦那さまはまだお戻りではございません。お引きとりを願います」

「春阿弥さまは、いつごろお戻りでござるか。お戻りになるまで、門前にてお待ちいたしますゆえ、お許し願います」

「そんな、物乞いのような真似をされては困ります。おやめください。お引きとりになりませんと、番所に知らせ、人を呼びますよ」

「ならば、沙花どのにお取次願いたい。沙花どのにお訊ねいたしたいことがござる」

「な、何を言われます。滅相（めっそう）もない。いい加減にしないと、本途に人を呼びますよ」

「怪しい者ではありません。わたくしは公儀小十人衆七番組……」

そのとき、別の声が言った。

「よい。入れてやれ。わたしが相手をする」

すぐに小門の閂がはずされ、片開きの戸が開き、屋敷内からうすい明かりが、門前の暗がりへもれた。下男らしき男が小門から顔を出し、提灯の明かりで喜八を照らした。

「平井さま、どうぞお入りください」

と、喜八を門内に入れた。

門内から主屋までの前庭の石畳に、主屋の黒い影を背にして、羽織袴姿の三十代半ばごろと思われる侍が、物憂そうに喜八を見つめていた。下男は、小門のそばで提灯をかざし、喜八を照らしていた。

「わたくしは公儀小十人衆七番組平井……」

喜八が改めて名乗ろうとするのを、侍は冷やかに制した。

「けっこうです。下富坂の平井喜八どのの名前は存じております。平井伝七郎の父親ですな。それがしは西沢半三郎でござる。春阿弥さまにお仕えいたし、奥山家の用人役を仰せつかっておる。間もなく日も暮れるこの刻限に、いたずらに門を敲き、大声を張り上げて門前を騒がし、わが主・春阿弥さまにいきなり面談を乞うとは、迷惑なうえにまことに無礼千万なるふる舞いでござる。今さらながら、倅の仕業の詫びにこられたか。それなら無駄ですぞ」

「違うのです。春阿弥どのにお会いいたし、おうかがいしたいのです。わが倅・伝七郎がこちらの沙花どのに、胡乱(うろん)なるふる舞いにおよんだと申されるのは」

「しっ。声が高い。慎みなされ。奥山家のこうむった恥辱を言い触らす気か」

喜八はぎゅっと目を閉じ、声を落とした。

「申しわけない。わたくしのお訊ねいたしたいのは、伝七郎が沙花どのに押して不義を働いたと言われたのは、いつのことなのか、場所はどこなのか、いかなる経緯でそのようなふる舞いにおよんだのか、それをお訊ねいたしたいのでござる。どうか、西沢どの、春阿弥どのがご不在なら、西沢どのが沙花どのに、せめてときと場所だけでも、訊いていただけませぬか」

「なんとまあ、見当違いも甚だしい。よろしいか。そちらの伝七郎が仕かけ、沙花さまは防ぐ術がなかったのだぞ。そちらが思うがままに辱(はずかし)めておいて、自分のほうは何をしたのかなどと、沙花さまに訊きたいとは、筋が通っておらぬ。まともな判断ができておらぬのではないか。それを知りたければ、伝七郎本人に訊けばわかるではないか。明らかになるではないか。伝七郎に訊きなされ。沙花さまは、今なお、何がどのように起こったのか、動転なされて、定かには思い出せないほどなのだ。あの場のことは、沙花さまはお気の毒にも、伝七郎の力に抗いようがなく、されるがままに、ただ、苦しみがすぎるのを祈っておられただけなのだ」

「お嬢さまが、おいたわしい」

下男がしおれた素ぶりを見せて言い、提灯の明かりがゆれた。

「そのように仰られたが、伝七郎は、身に覚えがないと言うております」

喜八は唾を呑みこみ、挫けかける気持ちを奮いたたせていた。

「身勝手なことを申すな。平井どのは、まるで強請り集りまがいに、わが奥山家の門をいたずらに敲き喚き散らし、こちらを困らせた挙句に、強引に屋敷に入ってこられた。同じことを、倅の伝七郎になされよ。相手は遊楽と名乗る無頼漢ぞ。簡単には白状せぬだろう。嘘をつき、人をたぶらかし、言い逃れようとするだろう。せいぜい、力をこめて門を敲き、大声で喚かれることですな。そのうちに困り果てて、白状しますよ。こちらの言い分はそれだけだ。平井どの、お引きとりを」

喜八は、たじろぎを覚えた。虚しさに懸命に耐えていた気力が、萎えていった。ほんのわずかな、ほんの微小な疑念もないと言えば、嘘になった。心の片隅に、大丈夫なのか、間違いないのか、とささやきかけるおのれ自身がいた。

伝七郎、本途のことを教えてくれ。真実を教えてくれ。父は苦しいと思った。

四半刻後、下富坂の屋敷に戻った。漆黒の凍てつく闇が、夜空をふさいでいた。

木戸門をくぐると、五兵衛が迎えに出た。

「旦那さま、お戻りなされませ」

しかし、喜八は何もかえさなかった。五兵衛は、ただ黙然として戸内に入った喜八を、普段の主人らしくないと思った。お城で何かあったのでは、と不安を感じた。中の口の寄付きで喜八を出迎えた文乃は、夫の鬢が乱れ、血の気の失せた真っ白な顔を見て、胸を衝かれた。

「あなた、お加減が……」

真っ先にそう言った。喜八は、文乃にも言葉をかえさなかった。何か言ったつもりだが、ひと言も発していなかった。寄付きに上がり、刀を腰に帯びたまま、伝七郎の部屋へ向かった。

「どうなされたのですか」

文乃が異変を察し、喜八の後ろについてきた。文乃の声は聞こえていたが、喜八の意志には届かなかった。

伝七郎の部屋の、間仕切を引いた。伝七郎は文机に向かい、書物を開いていた。

間仕切の喜八を見上げ、

「ああ、父上、お戻りなされませ。気がつきませんでした」

と、居住まいを正した。

喜八は息苦しかった。唾を呑みこみ、喘ぐような呼吸を繰りかえした。激烈な早鐘（はやがね）のように打つ胸の鼓動が聞こえていた。

おまえは武士だ。武士らしくあれ、と自分に言い聞かせた。

「伝七郎」

と呼んだ。伝七郎が、はい、と無邪気な童子の面影を残した顔を上げた。

「あなた……」

背後の文乃の声に気づき、やっとふりかえった。文乃が両手を差し伸べ、

「ま、待ってください」

と、なぜか言った。文乃の両手が怯えたように震えていた。

喜八は文乃を、そこにおれ、というふうに睨みつけた。それから、伝七郎へ目を戻し、凝っと見つめた。喜八に言葉はなく、ただ長い沈黙のときが流れたような気がした。やがて、喜八を見上げる伝七郎の目に、見る見る涙があふれた。

夜明け前に雪が降り出し、登城の刻限には江戸に純白の雪化粧をほどこした。本丸の番士らの吐息が白く見えた。御太鼓方の五ツ（八時頃）の太鼓が打ち鳴らされる前、喜八は檜之間へ行き、組頭の前田三右衛門に、嫡男伝七郎の病死を届け出た。三右衛門は威儀を正し、黙然とそれを受け入れた。

「今宵は通夜か」

「はい。葬儀は、われら身内の者だけで執り行います」

「ふむ。それでよい。ご愁傷さまでござる」

喜八は冷たい畳に手をつき、平身低頭して動かなかった。小十人衆を束ねる組頭らは、誰も言葉を交わさなかった。みな、もう知っていた。石のように動かぬ喜八を見守り、檜之間は静まりかえっていた。

八

年が明けて寛政二年一月下旬、まだ冬の寒気を留めたその夜、居室にいた喜八に、五兵衛が庭先から、ひっそりと呼びかけた。

「旦那さま、五兵衛でございます」

「五兵衛。どうした、そんなところで」

「旦那さま、ちょいと、お話ししたいことがございます。よろしゅうございますか」

「かまわぬ。上がれ」

「いえ。わたしはここで……」

「そうか」

喜八は居室の腰付障子を引き、濡れ縁に出た。春は名のみの、肌寒い夜の暗がりの中に、庭は静まっていた。部屋からもれた行灯のほの明かりが、庭先に片膝をついた五兵衛へ射していた。

「どういう話だ」

喜八は庭の肌寒さが気持ちよく感じられ、寒さに誘われ濡れ縁に着座した。

五兵衛は縁へ寄り、たてた片膝の上で物思わしげに手を擦り合わせた。

「今日、あるところで妙な話を聞きました。これは旦那さまにお知らせすべきではないかと思いましたもので、このような」

と、五兵衛は夜の闇にまぎらすかのように声をひそめた。

「人目をはばかる話か」

「はい、たぶん。それに、あてになる話かどうかはわかりません。もしかしたら、旦那さまはお聞きにはなりたくない話かもしれませんので」

「どうした、五兵衛。わたしが聞きたくなくとも、五兵衛はわたしに話したほうがいいと思うのだろう」

「さようで」

「ならば話せ。あてにならなくてもいい。聞かせてくれ」

はい、と五兵衛は話し始めた。

「小石川久保町におります従弟が、急な病にかかって臥せっておりまして、それで今日の昼間、ご新造さまにお暇をいただき、見舞いに出かけたのでございます。幸い、従弟の病気は大したことはなく、半刻ばかりで従弟の店を出て、戻り道の伝通院の中門のそばまできたときでございました。偶然、伝通院の中門から出てきた年増と行き合いましたところ、年増のほうから、下富坂の平井家にご奉公なさっている五兵衛さんではありませんか、と声をかけられたのでございます。年増は二十代半ばの年ごろで、名前はおのぶと申しておりました。おのぶは小日向荒木坂上の奥山春阿弥さまのお屋敷に、去年の春から住みこみの一季奉公をしているそうでございます。今日はたまたま、お屋敷のご用でこの近所にきたので、いい機会だから伝通院にお参りして行こうと思いたち、お参りを済ませてきたところだと、申しておりました」

「ほう、春阿弥どのの屋敷か」

五兵衛は、こくり、と頷いた。

「おのぶが、なんでわたしを知っているかと申しますと、去年の秋、伝七郎さまが春阿弥さまのお屋敷に呼ばれ、芸人のごとくに手妻や曲芸や踊りを披露なさり、それをお屋敷のみなが面白がられ、おのぶもとても面白く楽しんだし、しかも、遊楽さん遊楽さんと親しまれていた芸人が、下富坂の平井家のご嫡男の伝七郎さまとも教えられて意外に思い、それで、その折りに供をしていたわたしを、見覚えていたそうでございます。春阿弥さまのお屋敷に参りましたのは、去年は春の初めと秋の二度でございます。その前にも一度、春阿弥さまのお屋敷で芸を演ったことがございますので、合わせて三度。去年は二度とも奥山家のほうより、遊楽さんお入り、と声がかかったんでございます」

「ふむ、遊楽さんか」

「申しわけございません」

「気にするな。それでどうした」

「はい。それゆえおのぶは、去年の暮れ、遊楽さんと親しまれていた伝七郎さまが、急の病で亡くなられた話が、お屋敷の使用人らの間に広まり、吃驚(びっくり)したと申しておりました。ところが、奥山家では使用人の誰もが、伝七郎さまは病死ではなく、どうやら奥山家の末娘の沙花さまと何かがあって、詰腹を切らされたことを、知っていたそうでございます。それからおのぶは、去年の暮れのあの宵、旦那さまが奥山家の門を敲き、大声で騒がれ、用人の西沢半三郎さまと門内の暗がりで言い合いをなさっていたのも知っていると、申しておりました。それで旦那さま、そこからおのぶに聞いたことを、まずは、旦那さまにお知らせすべきではないかと、思ったんでございます。ご新造さまにお知らせするのは、旦那さまにお任せしてよいかと……」

五兵衛は喜八を見上げ、暗いながらも表情をうかがった。喜八は沈黙し、何も訊きかえさなかった。

「おのぶは、この正月が明けてから、やはりお屋敷の使用人らの間で、妙な噂が言い交わされていると申しました。それは去年のいつごろか、末娘の沙花さまが身籠られたことがわかり、暮れに中条流とかの医者を密かに屋敷に招いて子堕しをなさったのでございます。沙花さまの相手は、沙花さまが以前よりひいきにしていた葺屋町の市村座の役者で、沙花さまは身籠ったことが両親に知られたとき、ひいきの役者と懇ろになり密通していたとは言えず、お屋敷廻りをしていた遊楽さんに手籠めにされたと、偽りを申されたのでございます。それがもとで、遊楽さん、すなわち伝七郎さまが、ご切腹なされたと」

五兵衛は、無念そうにため息を吐いた。しかし、すぐに続けた。

「ところがそのあと、沙花さまつきのお女中が、じつは、沙花さまは、市村座の役者と逢瀬を重ねていたためと春阿弥さまに明かし、沙花さまが身籠った本途の事情がわかったのでございます。春阿弥さまは驚かれましたが、用人の西沢半三郎さまに命じ、このことが表沙汰になれば、奥山家が重いお咎めを受け、改易になる恐れがある、なんとしても表沙汰にしてはならんと、沙花さまと役者との密通をひた隠しに隠し通すおつもりだというのが、おのぶの聞いた噂でございます」

喜八の胸が激しく鳴り、身体が震えた。

だが、喜八は首筋をほぐすようにゆっくり廻して、考える間をおいた。なんということだ。そこまで人を、愚弄するのか。

喜八は動揺を五兵衛に悟られないように、夜の庭へ漫然と目を向け、平静を装った。静かな宵のときが、庭に流れていた。五兵衛は、喜八の平静な様子を意外に思ったらしく、

「旦那さま、よろしゅうございますか」

と、念を押した。喜八は、さりげない口ぶりで冷やかに訊いた。

「沙花つきのお女中は、なぜそれを明らかにしたのだろう」

「それは、おのぶも言うておりました。お女中は、伝七郎さまが沙花さまを手籠めにした咎めを受け切腹をなさったと知り、これはとんでもないことになってしまった、このままにしていたら、神仏の恐ろしい罰がくだるのではないかと怯え、隠しておけなかったと言うていたそうでございます。おのぶ自身も、今日、偶然に伝通院の中門でわたしに出会ったことが、きっと仏さまのお導きに違いない、

ここで声をかけなければ、切腹させられた遊楽さんに祟られるような気がしたと、申しておりました」

「五兵衛、沙花のひいきの市村座の役者はわからぬのか」

「おのぶは、役者の名までは知らないようでございます。ですが、お女中から聞けるかもしれないとは、申しておりましたが」

「わかるなら、知りたい」

「ごもっともでございます。おのぶは、きっと手を貸してくれると思います。急いで探ってみます」

五兵衛はこたえた。

それがまことなら、間違いを正さねばならぬ。間違いを犯した者に罰を与え、罪を償わせねばならぬ。春阿弥を討ち、自分の犯した罪を償わねば……

喜八は決心した。

九

喜八は、腰掛茶屋の店の間の上がり端に腰かけ、葭簀の間から荒木坂下の、上水に架かる板橋を見守っていた。土産物屋や小さな食べ物屋などがひっそりと並んでいる坂道の人通りはまばらで、天道も次第に西の空へ傾き、のどかに春めいた昼下がりに、だんだんと夕方の赤みと冷気が兆しつつあった。

茶屋の亭主が出した煎茶は冷めていた。喜八はそれをひと口含み、おもむろに茶代を碗のそばにおいた。

「亭主、世話になった。茶代をおく」

と、土間奥の竈の火を見ている亭主に声をかけた。亭主は、

「へい、どうも」

と、喜八のほうへきかけた。だが、喜八が懐より革紐をとり出し、菅笠をかぶったまま襷をかけるのを見て、あ？　と立ち止まった。

ほかに、店の間に行商がひとり煙管を吹かしていた。行商も、煙管を手にした恰好で、喜八が襷をかけ、悠然と長身痩軀を持ち上げ、黒鞘の大刀を閂差しに帯び、袴の股立ちを高くとるのを、訝しそうに見つめていた。

葺屋町市村座の女形古中新之丞が沙花のひいきと、五兵衛がおのぶから聞けたのは、三日前だった。おのぶは、沙花つきのお女中から古中新之丞の名をようやく聞き出した。そのときお女中は、用人の西沢半三郎がその二日前の夜、新之丞

のところへ何事かの使いに出かけたこと、そして、古中新之丞のことを詳しく知りたければ、市村座場内で、莨、茶、菓子、口取肴、幕の内弁当などを売り歩く《中売》の男が耳が早く、堺町や葺屋町の役者のみならず、葭町の色子の噂まで詳しいので、その男に会うといい、ともおのぶに教えたのだった。

五兵衛からそれを聞いた三日前、決行は伝七郎の満中陰の今日に、と喜八は決めた。

春阿弥を乗せた鉄鋲駕籠の一行は、上水に架かる板橋をすでに渡っていた。だが、一行は五日前の、駕籠を先導する用人の西沢半三郎と、駕籠わきについた添番の表坊主だけではなかった。西沢に並んでひとり、駕籠の後ろに三人の、西沢と同じ羽織袴姿に二刀を帯びた四人が新たに増えていた。

五日前、喜八が春阿弥の帰途を待ち受けていたことを用心して、警護役を雇い入れたのに違いなかった。

死生は知らず。かまわぬ。同じことだ。

喜八は自分に言い聞かせた。

駕籠は荒木坂に差しかかった。周りを警戒するふうもなく、粛々と坂を上ってくる。ほどなく、坂の中腹の腰掛茶屋の前に差しかかるところまできた。喜八は草履を脱ぎ、革足袋を土間に擦った。茶屋の亭主へ目深にかぶった菅笠を向け、冷然と言った。

「表に出るな」

亭主は目を瞠り、凍りついたかのように黙っていた。店の間の行商へも、冷やかに一瞥を投げた。行商の手にした煙管が震えていた。喜八は表へ向きなおった。腰掛茶屋を出て、道幅二間二尺の中央へと速やかに進んだ。

夕方の赤みを帯びた陽射しが、喜八の黒茶色の着衣をくるんでいた。

西沢と隣の侍が、道端の腰掛茶屋からふらりと出てきた侍風体が、道の中央へ進んでこちらへ向いた瞬間、革襷をかけ袴の股立ちを高くとって物々しく拵えている扮装に気色ばみ、歩みを止めた。

「そこの者、無礼ぞ。退け」

西沢は、菅笠をかぶった喜八に気づかず、声を荒らげた。隣の侍が羽織を払い、腰の大刀をつかんで警戒の色を露わにした。後ろの駕籠が止まり、駕籠の後方の侍らが、駕籠の前へ駆け上がる気配を見せた。

「後ろを見張れ。油断すな」

西沢の隣の侍が、喜八へ険しい目を向けたまま、後方へ叫んだ。添番の表坊主が、駕籠わきにかがみ、駕籠の中の春阿弥に話しかけていた。坂下の通りがかりや店の者が、西沢と侍の険しい声を聞きつけ、坂の中腹で止まった駕籠の一行を不審そうに見やった。

「それがし、公儀直参小十人衆・平井喜八でござる。同朋頭奥山春阿弥どのへ果たさねばならぬ用があって、罷りこした」

西沢が喜八に気づいて怒鳴った。

「おのれ、慮外者。またしても、性懲りもなく無礼なふる舞いにおよぶか。春阿弥さまはおぬしと埒もない問答をする気はない。早々に立ち去れ。さもないと……」

「申すまでもない。それがしとて、今さら問答をするためにきたのではない。武士の義をたてるためにきた。いかなる義か、春阿弥どのは十分にご承知のはず」

と、喜八はひと声投げるや否や、駕籠を目指して踏み出した。見る見る速足となって、腰の刀を前へ押し出すようににぎり締め、柄に手をかけ抜刀の体勢をとった。

「春阿弥、覚悟っ」

高らかに発した。

「狼藉者。狼藉者でござる」

西沢が喚いて後退して行くのに対して、供の侍はすかさず抜き放って、喜八へ立ち向かってきた。

喜八は、真剣で戦うのは初めてだった。道場の稽古とは違う。だが、稽古どおりにと思った。

坂を駆けくだる喜八と駆け上がる侍は、たちまち肉薄した。侍の動きは鋭かった。

「やあっ」

両者が衝突するかに見えた寸前、侍の袈裟懸（けさがけ）が先手をとって、大上段より喜八へ放たれた。喜八には夕方の陽射しの中を躍るように打ちこまれてくる白刃（はくじん）が見えた。凍りついた侍の目が見えた。

一刀両断に髄を断つかのような撃刃（げきじん）がうなりを生じ襲いかかった。と、それをすれすれにかいくぐり、すっぱ抜きに侍の脇胴を斬り抜けた。侍は悲鳴とともに、斬り裂かれた羽織の裾をひるがえし、喜八の後方へ土埃（つちぼこり）を舞い上げ横転した。

瞬時もおかず、喜八は後退する西沢に数歩踏みこみ袈裟懸を浴びせかけた。

しかし、すでに抜刀し迎え打った西沢の袈裟懸と相打ちになった。肩から胴へ斬り落とされた西沢は獣のように吠え、血飛沫を噴いてのけ反った。対して、後退していた西沢の一撃は浅く、鎖帷子を裂いて喜八に片膝をつかせたものの、致命傷にはいたらなかった。

くずれ落ちた西沢の血にまみれた身体が、陸尺の足下へ転がった。

「かえせ、かえせ……」

表坊主がうろたえ、金切り声を坂道に響かせた。陸尺が駕籠を坂下へと廻し始めたが、慌てたため駕籠が左右にゆれて、がりがりと音をたてて坂道に底を擦った。駕籠が倒れそうになり、陸尺はかろうじてそれを支えた。

引きかえす間は、もうなかった。

「春阿弥さま、お逃げを」

表坊主は声を甲走らせ、駕籠の戸を引いて春阿弥を引き摺り出した。駕籠の外へ転げ出た春阿弥に、喜八が立ち上がって迫ったところへ、駕籠の後方を警護していた三人が、逃げて行く陸尺と入れ替わるように一丸となって襲いかかってきた。

真っ先に雄叫びを発して打ちかかった先頭の侍を、半歩右に転じて脳天を砕いた瞬間、横からの一撃を受けた。喜八の菅笠が割れ、こめかみと頬を裂かれた。

咄嗟に顔をそむけ、相手が刀をかえすより早く、その顔面を斬り上げた。侍ははじかれたように割られた顔面をのけ反らせ、刀を空へ投げ出し、仰のけに転がって行く。

そこへ、今ひとりが喜八の背中に一撃を浴びせ、喜八はよろめいたが、間髪容れず、身をよじりつつ背後へ反転し様、相手の首筋へ打ちこんだ。刃は首筋の半ばまで達し、なで斬りに刀を引くと、噴き上げた血が雨のように降りかかった。

喜八が背中に受けた一撃は、深手だった。足がもつれ、束の間、春阿弥の捨てた駕籠にすがりついた。それでも、春阿弥が表坊主に助け起こされ、坂下へと走って行くあとを即座に追った。坂下で斬り合いを見物していた通りがかりや店の者が、春阿弥と表坊主が坂を駆け下りてくると、「わあっ」と喚声を上げて左右に散った。喜八は二人を追いながら、

「南無三……」

と、小柄を放った。

春阿弥と表坊主は、見物人の見守る中を駆け抜け、上水の板橋に差しかかる手前まできたときだった。喜八が投じた小柄が春阿弥の腿に突きたった。

「ああ、痛っ、いたた」

春阿弥が喚きながら、片足を抱えてひと回転して、上水端の往来にどっと横転した。

「春阿弥さま」

表坊主が助け起こそうと、春阿弥へ手を差し伸ばしたところへ、猛然と迫る喜八の血まみれの形相に慄(おのの)いた。表坊主は怯え、思わず後退った。

「邪魔する者は容赦せん。斬られたいか」

喜八の怒声に気(け)おされ、表坊主は尻餅を搗(つ)いた。表坊主は、江戸城本丸において幕閣ですら一目おく同朋頭の春阿弥が、

「済まぬ、平井どの。許して、許してくれ」

と、道に伏せ額を擦りつけ、必死に命乞いをする様を見つめた。

しかしながら、命乞いも空しく、地獄の獄卒(ごくそつ)のような憤怒(ふんぬ)にかられた喜八にひと突きに突き入れられた一瞬を見つめた。そして、春阿弥が声を引きつらせて苦悶(くもん)し、噴きこぼれる鮮血に彩(いろど)られて最期を迎えるまでの一部始終を、為す術もなく、言葉も涙もなく、ただ打ち震えて見守った。

十

八ツ半（午後三時頃）すぎ、龍玄は小石川大下水に架かる源覚寺橋を渡った。供はなく、麻裃を着け、風呂敷包みの荷物と刀袋を提げている。源覚寺門前と下富坂町の境をとり、平井家の拝領屋敷を訪ねた。

古びた木戸門が、両開きに開け放たれていた。龍玄が木戸門をくぐると、待ちかまえていたかのように、庭のほうから老下僕が小走りに現れた。下僕は龍玄へ腰を折り、

「おいでなされませ。別所龍玄さまでございましょうか」

と問いかけた。

「別所龍玄です。平井喜八どのより、介添役を承りました」

「旦那さまより、うかがっております。どうぞ、お通りくださいませ」

玄関式台があって、式台上の取次の間に喪服姿の奥方と、これも黒裃の喪服の若い侍が手をついて龍玄を迎えた。式台の前へ進んだ龍玄に、奥方が言った。

「別所龍玄さま、お待ちいたしておりました。平井喜八の妻文乃でございます」

「わたくしは、平井喜八の次男和之介でございます。本日は、別所龍玄さまのお指図のもと、介添役を務めさせていただきます。未熟ではございますが、よしなにご指導、お願いいたします」

文乃に並んだ和之介が、若く瑞々しい声を発した。

「別所龍玄です。こちらこそ、よしなに」

龍玄は辞儀をかえした。

「夫平井喜八はただ今、拠所なき所用により出かけ、ほどなく戻って参ると存じます。今しばらくお待ち願います。どうぞ、お上がりください」

文乃と和之介の案内により、座敷に通された。押入れの引違い襖の隣に床の間が設えてあり、花鳥の古い掛軸をかけ、こぶしの白い花のひと枝を差した花活けがあった。

庭側の腰付障子が開けてあり、濡れ縁ごしに狭い庭が土塀に囲われていた。日は西へ傾き、庭は日陰になっていたが、土塀の板屋根に西日がまだ射していた。庭に白張りの屏風をたて、その前に二枚の畳を並べ、血止めの白布団を敷いた切腹場が、西向きの居室の正面に拵えてあった。二灯の燭台がまだ明るい庭に、作り物のような小さな炎を震わせていた。

こぶしが屏風の背で白い花を咲かせ、ひわの小さな鳴き声が、大下水の水辺かどこかの木々の間かに聞こえた。

龍玄は村正の刀をわきへ寝かせ、刀袋から介錯に使う同田貫の長刀を抜き出した。和之介が茶托の碗を運んできた。和之介は龍玄に頭を垂れ、行きかけた。

「伝七郎どのの満中陰の法要は、無事、済まされましたか」

龍玄は、春の気配のように穏やかに言った。

「はい。親類も参り、つつがなく済ますことができました。これで兄上も……」

和之介は言葉を切った。頬がわずかに紅潮していた。

「平井どのより、和之介どのは十六歳になられたと、お聞きしました。切腹場に立たれるのは、初めてですか」

龍玄は庭の切腹場へ目を投げ、和之介に戻した。

「はい」

和之介は、龍玄を見つめて答えた。

と、和之介の頬に、ひと筋の涙が伝った。龍玄は茶を一服した。和之介は拳で紅潮した頬の涙をぬぐい、龍玄に言った。

「別所さま、お訊ねしても、よろしいでしょうか」

「どうぞ」

龍玄は碗を茶托へ戻した。

「父より聞きました。別所さまは、十九歳のとき、介錯役をお務めになられたと。それから、十八歳で牢屋敷の首打役を務められたとも聞いております」

「そうです。首打役の手代わりです。首を打たれた胴を、様場にて試し斬りにし、刀剣の鑑定を生業にしております」

「はあ、試し斬りを……」

和之介は、呆然とした様子を見せた。

「十六歳のとき、父の下僕として牢屋敷の切場に立ち会いました。父の生業を継ぐと決めたのは、十八歳で首打役を果たしたあとです。切腹場の介添役は、わが師匠大沢虎次郎先生の中立により申し入れがあって、お請けいたしました」

「大沢先生は存じております。わが父の若いころからの友です。わが家にも見えられましたし、子供のとき、本郷の大沢道場へ遊びに行ったこともあります。父が大沢先生より聞いたところによれば、大沢先生は、別所さまの剣の腕は天稟にて、別所さま以外にはないものであり、人が修行を積んで目指すものでも、また目指せるものでもない、と言われたそうです。別所龍玄さまに成れるのは、別所龍玄さましかいないのだと。それほどの剣の才を持ちながら、何ゆえ、牢屋敷の首打役に就かれたのですか」

龍玄はほのかな笑みを浮かべ、頷いた。

「なぜそのような不浄な生業を、と言われる方はおられます」

「いえ、決してそういう意味ではなく……」

和之介は、気まずそうにつくろった。

「お気になさらずに。何ゆえにかと人に訊ねられ、答えに相応しい言葉が見つかりません。切場においては、斬る者と斬られる者がいるのみです。罪をあがなう罪人ではなく、罪をあがなわせる首打役ではなく、ただ、斬る者と斬られる者だけが、初めての、そして最後の出会いを果たします。たった一度の刹那(せつな)の出会いです。切場にあっては、もはや、罪と罰はありません。それを思ったとき、父よりこの務めを継ぎ、わが生業にすると決めたのです。それ以外の言葉は、今はまだありません」

和之介は、不思議そうな眼差しを龍玄へそそいで、あとは訊ねなかった。しばしの沈黙をおき、ふと、われにかえったかのように表情を改め、

「失礼いたしました」

と、またわずかに顔を紅潮させた。

そのとき、屋敷の門のほうで人のざわめきが起こった。五兵衛が庭を走り、

「旦那さま、お戻りなされませ」とかけた声が聞こえた。文乃が表のほうへ、慌ただしく向かう気配がした。

「では、のちほど」

和之介が急いで部屋を出た。文乃と喜八の何事かの言葉が聞こえ、

「あなた、しっかり」

と、文乃の声が喜八を励ました。龍玄は同田貫をつかみ、立ち上がった。切腹場を見やり、同田貫を腰に帯びた。

文乃は、大刀を杖にしてよろけつつ屋敷に戻ってきた喜八を、衣服が夥しい血に汚れているにもかかわらず、傍らより支えた。

「大事ない。喪服が汚れる。ひとりで歩ける」

「喪服の汚れなど、このようなときに」

文乃は喜八を支えた。文乃の反対側から支えようとする五兵衛に、喜八は苦しげな口調で命じた。

「五兵衛、すぐに門を閉じよ。誰が門を敲いても、決して開けるな。門を開けるときは文乃の指図に従え。もしも、押し入ろうとする者がいて、仮令、それが役人であっても、入れてはならん。しばしのときを、稼げ。頼むぞ。行け。門を守れ」

「承知いたしました」

五兵衛は喜八を文乃に任せ、木戸門へ戻った。門前に人だかりができていた。通りがかりや近所の住人が、血まみれで戻ってきた喜八の様子をうかがっていた。

「みなさま、どうぞお引きとりください」

五兵衛は門前の人だかりに言い、門扉を閉じ、閂の横木をわたした。

「別所どのは、見えたか」

喜八は文乃に言った。

「はい。先ほどより……」

「切腹場は」

「すでに調っております」

「よかろう。すぐに支度にかかる」

文乃は頷き、目に涙をあふれさせた。

「泣くな。武家の習いだ。やむを得んのだ」

和之介が、主屋から走り出てきた。血まみれの喜八を見つめ、言葉を失った。

「父上……」

「和之介、別所どのに切腹場にてお待ちいただくように伝えよ。着替えを済ませ、すぐに行くと。見事、父の介添を果たせ」

「は、はい」

和之介は踵をかえした。

喜八が、「ここでよい」と言い、勝手の外の井戸端で、斬り裂かれ血にまみれた着衣を、文乃が手伝って着替えた。顔面と胸の疵は浅く、血は止まりかけていたが、鎖帷子と下着を脱ぎ捨て、肌を露わにした背中の疵は深く、ぬぐってもぬぐっても、血は流れた。

「晒(さらし)で疵口を押さえましょうか」

「いらぬ。もうよい。着物を着せてくれ」

白無垢(しろむく)に水浅葱(みずあさぎ)の無紋の裃、白足袋に調えた。

「ここからは、わたしがひとりで行かねばならない。おまえはしっかりと見届けよ。長い間、世話になった」

喜八が言った途端、文乃は再び涙を滂沱と流した。

泣くなというのに。

喜八は胸を締めつけられた。

切腹場には、龍玄が右奥に端座し、左手前に端座した和之介が、蒼白の顔を喜八に向けていた。白屏風のわきに、三方に載せた杉原紙を巻き紙縒りで結んだ切腹刀、白木の台に、料紙、うすい煙が香を燻らす香炉、白盃と塩を盛った土器、水を入れた銚子を並べ、首を洗う水を入れた首桶と柄杓が見えた。

文乃はすでに居室の濡れ縁に端然と坐り、ひとりで切腹場に向かう夫を、もう涙はなく、武士の妻らしく静かに見守っていた。

喜八は切腹場右奥の龍玄と眼差しを交わし、眼差しだけで礼をした。草履を脱いで、切腹場の畳を踏み、血止めの白布団の上に、濡れ縁の文乃へ向きなおって着座した。

和之介が、白木の台を喜八の前に据え、盃事が始まると、龍玄は麻裃の肩衣をはずして喜八の左背後に立った。そして、同田貫の刃を上に向けて棟を静かにすべらせた。

盃事に続いて、和之介は切腹刀を載せた三方を喜八の前においた。柄をはずした切腹刀は、刃を喜八に向け、五、六寸の切先を白紙の先に残し、喜八の左向きに寝かせてある。

喜八は、左後方に立つ龍玄へ顔を向け、黙礼を投げた。ここで介錯人は、

「十分でござる」

あるいは、

「槍ひと筋の者でござる」

と、言うのが切腹場の作法だった。だが、喜八はその作法を破り、龍玄へ言った。

「故実にはござらぬが、別所どの、少々よろしいか」

「どうぞ」

龍玄は、身がまえたままかえした。

「つい先ほど、果たさねばならぬ最後の用を済ませて参りました。あとは、わが皺腹を切るのみでござる。いかなる用を果たしてきたかは、いずれ明らかになりますゆえ、申しません。ですが、最後にひとつ、わがままをお許し願いたいのです。今朝、別所どのにお話ししたわが長男の伝七郎が、ある夏の宵、戯れに新内節を口遊んでおりました。覚えているところだけですが、その新内節のひと節を

それがしもこの場で披露してから逝きたいのです。この世に心残りで申すのではありません。あの夏の宵、それがしは伝七郎がそれを口遊んでいるのを聞き、不覚にも、うっとりと聞きほれてしまった。役にもたたぬ男と女の虚仮の沙汰、武士の面目に縁のないくだらぬ情味と思いつつ、言うに言われぬやる瀬なさを覚えました。まことに、埒もなくそれがしはあのとき……」

とそのとき、表の木戸門を激しく敲く音が屋敷内にとどろいた。

開門、門を開けよ、と幾つもの荒々しい声が門前で騒いだ。和之介が動揺し、声のほうへ目を向けた。しかし、濡れ縁の文乃は、喜八から目を離さず、龍玄は沈黙して身動きしなかった。喜八は新内節を口遊み始めた。

かはる枕のをかしさを、しよては互ひにきやくであひ、それからあとは色であひ、今はしん身のめうとあひ、あきもあかれもせぬ中……

喜八は語りながら、水浅葱の肩衣をはずした。白無垢の小袖の背中に血が大きくにじんでいた。その白無垢の前襟を押し広げ、切腹刀をとり上げて押し戴いた。

龍玄は静かに、八相にかまえた。ひわのさえずりが聞こえ、二灯の燭台の作り物のような炎が、まだ明るい夕方の空の下でゆれていた。

十一

奥山春阿弥の屋敷では、主の春阿弥が荒木坂で平井喜八に討たれた知らせを受け、大騒ぎとなった。春阿弥の亡骸と、用人の西沢半三郎や警護の侍らがことごとく討たれ、亡骸や瀕死の重傷者らが戸板に乗せられ運ばれてくると、あまりの凄まじさに、屋敷は騒然とするより凍りついた。

しかし、春阿弥の奥方は動転しながらも、町家で起こった襲撃ゆえ、まずは、町奉行所に届けるよう奉公人に指図した。そして、今ひとりの奉公人に、近所の御先手組の組屋敷へ走り、事情を伝え、即刻、人数を集めて、下富坂の平井家屋敷に向かい、平井喜八をとり押さえるか討ち果たすよう、頼むべしと、気丈に命じた。

御先手組の侍たち十数人が、すぐさまおっとり刀で下富坂へと走った。平井家の門前に群がった十数人は、平井家の古びた木戸門を叩き壊さんばかりの勢いで打ち続け、開門を求めた。

「おやめください。主はただ今とりこみ中ゆえ、門を開けることはできません。おやめください」

老下僕の五兵衛は、門ごしに言いかえした。

「今すぐ開けろ。開けぬなら叩き壊すぞ」

「壊せ壊せ」

侍たちの怒声が沸騰していた。

「できません。お引きとりください」

五兵衛も声を張り上げた。

侍たちが、古びた木戸門へ体当たりを始めた。門扉が前後にゆれ、門の横木が歯ぎしりするように軋んだ。侍たちは、かけ声に合わせて何人もが一丸となって体当たりを繰りかえし、五兵衛は、「おやめください」と喚きつつ、老体をつっかい棒にして、懸命に門扉を押しかえした。

だが、侍たちの体当たりに、五兵衛の老体を張ったつっかい棒は、あまり長く持ちそうになかった。文乃の落ち着いた声がかかったのは、そのときだった。

「五兵衛、ご苦労さまでした。もうよろしいのです。門を開けて差し上げなさい」

いつの間にか、五兵衛の後ろの前庭に、文乃が立っていた。五兵衛は息を乱し、

「ただ今、ただ今門を開けますので、お静まりください」

と門外へ声を投げた。門の横木を引き抜くと、気を昂らせた侍らが喚声を上げてなだれこんだ。喪服姿の文乃は、粛然と侍らの前に立ち、辞儀をした。それがかえって虚を突き、侍らはそれ以上進めなかった。

「小石川の御先手組の者だ。小日向荒木坂にて、同朋頭の奥山春阿弥どのを待ち伏せし狼藉におよんだ平井喜八を召し捕りにきた。抗うつもりならば容赦なく打ちとる。平井喜八はいるか」

ひとりが大声で威嚇した。

文乃は身をなおし、穏やかに言った。

「平井喜八の妻文乃でございます。平井喜八はおります。大声を出されずともご案内いたしますゆえ、何とぞお静かに願います」

侍らは、文乃の穏やかさを訝ったが、血で汚れたとわかる喪服姿の文乃に、峻厳な威圧を覚えて、互いに顔を見合わせた。文乃が先に立ち、主屋の庭のほうへ廻って行く後ろに、大人しく従うしかなかった。

だが、さほど広くもない屋敷の庭へ通り、こぶしの木を背にした白屏風の囲う

切腹場を見て、再び色めきたった。両わきに二灯の燭台の火が小さく震え、畳二枚を並べた上に敷いた血止めの布団に、真っ赤な血の模様が見えた。喜八の亡骸は俯せており、亡骸の両側に、介添役の二人が控えていた。一方の介添役の前に、首桶があった。俯せた亡骸に首はすでにない。

「遅かった。平井喜八は切腹したか」

ひとりが無念そうに言い、今ひとりが、

「首を確かめねばならん。もらって行くぞ」

と、切腹場へ無造作に近づいた。

龍玄は俊敏に動き、侍の前に立った。

「なんだ、おぬし。邪魔する気か」

「ここは切腹場ですぞ。妄(みだ)りなふる舞いはお控えください」

「何を言う。平井喜八は市中において、狼藉を働いたのだ。たとえ切腹したとて、それで許されるものではない。退(の)け」

侍は若く痩身の龍玄を、これ式の若蔵が介添役などとかたわらいたい、というふうに押し退け、切腹場へ踏み出そうとした。

途端、龍玄の同田貫の鏡のような白刃が鞘走り、うなりを発して夕方の空に舞い、侍へ打ち落とされた。そして、刃こぼれひとつない刃先が、侍を真っ二つにする紙ひと重の間を残して静止した。

侍は声を出す間もなかった。進みかけて片足を宙に持ち上げたまま、凍りついた。やがて、侍は自分のおかれた進むことも引くこともできない立場に、怯え、震え始めた。このまま刀の柄に手をかけようと動いた途端、一刀の下に両断されるに違いなかった。

「わああ」

と、後ろの侍らが刀に手をかけ踏み出したが、顔面に刃を突きつけられた侍の命が風前の灯(ともしび)のため、それ以上は誰も動けなかった。ひとりが叫んだ。

「何をする。われらと斬り合う気か。われらは、公儀直参御先手組ぞ」

龍玄は高らかに言った。

「拙者、介錯人別所龍玄。平井喜八どのより介添役を承った。武士の切腹場を守る務めを、われら介添役は果たさねばならぬ。どなたであろうと、武士の切腹場を犯し、汚す者は断じて許さん。そちらが斬り合いを望まれるならお相手いたす。ひとり残らず斬り捨てる。和之介どの、介添役として、お父上を守るのだ。覚悟はよいな」

「承知っ」

龍玄の背後に和之介が立ち上がり、抜刀の体勢をとった。刃を突きつけられた侍は身動きも叫ぶこともできず、冷や汗を垂らし、生唾を呑みこんだ。

「待て。待ってくれ」

侍らの中から、男が出てきた。中年の分別のありそうな侍だった。

「別所龍玄どの、お名前は存じておる。小伝馬町の牢屋敷にて首打役を務め、のみならず、依頼があれば切腹場の介添役も請けておられる別所龍玄どのだな。失礼いたした。何とぞ刀を引いてくだされ。われらも引き申す。われらは知らせを受けて、事情も知らずに押しかけたが、どうやら、この事態にはなんぞわけがありそうなことは相わかった。始末は調べの役人に任せるしかあるまい。みな、戻るぞ。引け、引け」

気色(けしき)ばんでいた侍らが頷き合った。

「別所どの、どうぞ、その刀をお引きくだされ。お願いいたす」

侍が声をやわらげて言った。

龍玄は動かなかった。ひわのさえずりが聞こえ、のどかな春の夕暮れのときが流れていた。やおら、龍玄は薄衣(うすぎぬ)を払うように刀を引いた。白刃の怒りをなだめ、鞘へ納めた。すると、眼前の侍は、すとん、と力なく尻餅を搗き、肩をゆらして安堵の吐息をもらした。

その夜のうちに、文乃が小十人衆七番組頭の前田三右衛門に出した、喜八の書状とともに喜八病死の届け出は、追って沙汰をする、という返答で受理された。数日後、喜八病死により、和之介が平井家を継ぐお許しが出て、和之介は小十人衆見習いとして、出仕が決まった。一方、小石川の奥山春阿弥の屋敷では、嫡男が同朋衆見習いとして、これも本丸での勤めが許された。同朋衆は世襲である。そのうえで、亡くなった春阿弥の末娘の沙花に、落髪し出家の命が、若年寄安藤対馬守より密かにくだされたのだった。

平井家も奥山家でも、このたびの一件では、どのようなお調べが行われたのか、わからなかった。ただ、平井伝七郎の満中陰の法要が行われた日の夕方、小日向の荒木坂で起こった斬り合いについては、両家になんの沙汰もなかった。町方の調べも、進んでいるようではなかった。後日、その一件が不問にされたのは、将軍・家斉の直々のお沙汰があったゆえらしい、という噂が殿中でささやかれたが、定かではない。

龍玄はその始末を、本郷の大沢虎次郎より聞かされて知った。大沢は龍玄に、

「どう思う」

と訊いたが、

「さて……」

と、龍玄は小首をかしげ、それ以上は何も言わなかった。

二月の下旬の穏やかに晴れた昼下がり、無縁坂の龍玄の住居を、大沢虎次郎と平井家の文乃、跡とりの和之介が訪ねてきた。

龍玄と妻の百合、まだよちよち歩きの杏子、母親の静江、下女のお玉が庭に出て、春先に造った花壇の手入れをしながら、植えた桜草が蕾（つぼみ）をつけ、中にはやぽつんと咲いている、濃い桜色の花を見つけて、もうすぐ一斉に鮮やかな花を咲かせそうですね、などと言い合っていた。杏子が小さな手をのばして、花に触れようとするのを、百合が、

「優しくね」

とささやきかけた。そこへ、大沢ら三人が、木戸門の戸を引いて入ってきたのだ。

杏子が大沢を見つけて、花が咲いたような笑みを一杯に浮かべ、大沢のほうへ

まだ覚束ない足どりで、懸命に走って行った。それを見た文乃が、

「まあ、玉のような」

と、杏子へ頰笑みかけた。

大沢はようやく足下にきた杏子を抱き上げ、話しかけた。

「杏子、お正月以来だな。また大きくなったぞ」

花壇の周りの、龍玄と百合、静江とお玉が、降りそそぐ春の明るい日の下に立ち、おいでなさいませ、というふうに、杏子を抱き上げた大沢と、文乃とすっかり若侍らしくなった和之介へ辞儀をした。

十両首

一

古くは谷中村のこの辺は、場末の辺鄙な土地だった。

西方の感応寺古門前町より、三崎坂をだらだらと二町半（約二百七十メートル）余くだり、藍染川にいたる手前に、三崎町が鄙びた藁葺屋根を並べていた。

三崎町の周辺は、寺地と寺地の間にひっそりと大名の下屋敷などが塀を並べ、三崎坂を往来する人の姿は昼日中でも希で、見かけるのは身を持ちくずしかけた博奕打ちか、いつでも追剝になりかねない浮浪者ぐらいの、ちょっと物騒な土地柄でもあった。

だが、うら寂しいこの辺にも春はきて、界隈の寺の境内の桜が淡い桜色で、この辺の鄙びた景色を、まるで戯れのようにほんのひととき艶やかに彩り、ほどなく果敢なく散って、春はすぎていくのだった。

三崎町に烏金の金貸を渡世にする、高田婆と呼ばれる老いた女がいた。名はお庫と言った。歳は四十九で、この春の初めまでは、使用人のような、まさか倅ではなく、甥か歳の離れた弟のような、あるいは年下の亭主かもしれないと噂になり、どうやら亭主とわかった郡次郎という男と暮らしていて、貸した金のとりたてのときは、いつも郡次郎と二人連れだって出かけていた。

それがこの春の初め、郡次郎が町方に捕まり、とりたてに出かけるのがお庫ひとりになったため、高田婆と界隈で呼ばれ出した。というのも、お庫の生国が越後高田で、高田藩榊原家が片車輪の紋ということと、いつも男と両輪で出かけていたお庫がひとりの片車輪になったことにかけて、高田婆になったらしかった。

烏金とは、明日まで待たない烏金、と言って、たとえば、一両貸して一日二百文の利息をとった。一夜延びると渡り烏になり、利息は四百文になる。大抵、客は勝負事にのめりこんだあぶれ者で、そんな中にはお店者や職人、江戸勤番侍に貧乏御家人、浪人者、僧侶、女もまじっているが、どうせ、いずれみな身を持ちくずし、長生きはできない者たちばかりである。

お庫は四尺六寸（約百三十九センチ）足らずの、童女のように小柄な女だった。一方、郡次郎は身の丈が六尺（約百八十二センチ）を超える大男で、分厚い身体に手足は丸太のように太長く、岩のような大顔を、荒縄を束ねたように筋張った太い首が支えていた。左右の眉がひと筋につながって濃く、血走った大きな目に太い獅子鼻と、口は大蛇のごとく頬まで裂け、大きく口を開くと、大蛇の真っ赤な舌が出てきて、そんな郡次郎にひと睨みされて、怯えない者はいなかった。物の怪を思わせるほどの大男と、老いた小女が二人連れだって、貸した金のとりたてに、毎日必ず、雨が降ろうと雪が降ろうと、どんな嵐の日でも出かけていたのだった。

お庫のとりたては執拗で、容赦なかった。返済の期限をちょっとでもすっぽかしたら、

「郡ちゃん、少し可愛がっておやり」

とお庫が命じ、郡次郎がほんの少し可愛がって、半死半生の目に遭わせるから、まともにかえせない者は、じつは大方の者がそうだったが、郡次郎に可愛がられるのを恐れて、強請り集り、盗みを働いてでも、金の工面に躍起になった。それ

でも、金の工面がならなかったら、腕や脚を折られるぐらいはまだましなほうで、江戸からも娑婆からも姿をぷっつりと消して、野郎は《お庫いき》になったぜ、と谷中界隈の賭場で噂が流れることは初中終だった。

郡次郎が、寛政二年の春の初め、北町奉行所の捕り方に三崎町の店を囲まれ、捕縛されたのは、そういう《お庫いき》になった野郎の仲間が岡っ引に差口したらしく、南北合わせて三十人ほどの捕り方が三崎町の店の寝こみに踏みこんで、郡次郎が暴れ廻るのを、寄って集ってやっとお縄にしたのだった。

二月晦日の、感応寺境内の満開の桜がそろそろ散り始めるその日、お庫はひとり、藍染川の堤道を南へとった。途中、根津門前町と宮永町へ廻り、藍染川が流れ落ちる不忍池の畔へ抜け、池之端の茅町の町家から無縁坂を上った。

坂道に沿って越後高田藩榊原家の中屋敷の土塀がつらなり、土塀の上へ伸びた木々の青葉にまじって、華やかに咲いた桜が、はや花びらを舞わせて坂道の風景を彩っていた。だが、お庫は桜色の花弁が舞う景色を愛でるより、無縁坂の急坂を恨めしく思った。

ずいぶん急だね。よくこんな坂道に住めるもんだ。

中屋敷の土塀の向かいは称仰院門前と講安寺門前の町家が軒を並べ、講安寺門前の往来をすぎた次の小路の曲がり角まできて、お庫は、やれやれ、とひと息ついた。小路へ曲がって、四半町ばかり行くと、板塀が囲う店の瓦屋根が、柿の木や椿（つばき）、松やなつめなどの木々の間に見えた。板塀沿いをゆき、引違いの木戸門の前に出た。

「ここだよ」

お庫は自分に呟きかけ、木戸門をこっそり引いて中の様子をしばらくうかがった。

店（たな）は静まりかえっていた。つつじと木犀の灌木のわきの踏み石が、式台のある玄関まで並び、玄関の隣に中の口の腰高障子が閉じてあった。

お庫は、小柄な身体をすべりこませたが、玄関には向かわなかった。中の口の前も通りすぎて、住居（すまい）の裏手へ足早に廻って行った。

高い椿の木の下に井戸があって、井戸端に、丸髷（まるまげ）に藍の小袖を襷がけにし、紅殻（べんがら）格子の丸帯を隙なく締めた女が、釣瓶（つるべ）に汲み上げた井戸水を、水桶に流しこんでいた。その水桶のそばを幼女がよちよちと歩き廻って、落葉か何かを、かがんでは拾い、またよちよち歩き廻ってかがんでは拾いと、ひとりで遊んでいた。

お庫は、釣瓶の水を散らさないように水桶にそそいでいる女へ、足早の歩みを進めた。

井戸端の女はお庫に気づき、おや、というふうな顔つきを見せ、すぐになごませた。背が高く、お庫に気後れを感じさせるほどの凛（りん）とした器量よしだった。幼女もお庫に気づき、よちよち歩きを止めて、大きなつぶらかな目を、無邪気に向けてきた。白く耀（かがや）いた玉のような幼女だった。母と子に違いなかった。

幼女に見つめられ、お庫はきまり悪さを覚え、に、と頬笑（ほほえ）みかえした。すると、幼女は驚いて、女の後ろへ身を隠し、なおもお庫を不思議そうに見つめている。

おやまあ、ここはなんだか様子が違うよ。

お庫は、思っていたのとは違うときが流れているかのような住居の気配に戸惑った。

女が膝へ指の長い手をあて、お庫へさりげない黙礼を寄こした。お庫は、肩をきまり悪そうにすくめて辞儀をかえし、女の後ろに隠れた幼女へ戯れに言った。

「綺麗な玉のような女の子が、おっ母さんの後ろにかくれんぼをしているね。あんまり綺麗でほしくなっちゃったから、もらって行こうかな」

幼女はお庫の戯れがわからず、不思議そうな眼差しを、お庫から離さなかった。

女が白い顔をなごませて言った。

「御用聞に、お見えですか」

「そうですよね。いきなり勝手口へ廻りこんじゃって、これじゃあ御用聞か、ご近所のおせっかい婆さんのすることですよね」

お庫は、勝手口の腰高障子へちらりと目を遣り、うす化粧にひと刷き紅を差した口元をゆるめた。小柄な身体をやや斜にして、背の高い女を見上げて続けた。

「でもね、怪しい者じゃありませんよ。あっしは、谷中の三崎町の、お庫って言います。こちらは、小伝馬町牢屋敷のお役目をお務めの、別所龍玄さんのお店じゃ、や、ございませんかね。無縁坂の講安寺門前と、うかがってお訪ねしたんですけれど」

「失礼いたしました。別所龍玄は主人でございます。主人にご用でございましたら、どうぞ、表のほうへお廻りください」

すぐに、と、女が襷がけをはずしながら言うのを、お庫は遮った。

「いえ。あっしはそんな人間じゃありませんから、こちらでいいんです。よかった。無縁坂の上りがきつくて。では、元はお旗本のお嬢さまで、器量よしと湯島や御徒町や本郷でも評判の、ご新造さんの百合さんですね。それから、この玉のように可愛い女の子は、杏子さんでしたね」

百合は意外そうに、「あら」と言った。

「じつは、ご主人のおっ母さんの静江さんを存じ上げていましてね。と言っても、あっしみたいな柄の悪いのとお武家生まれの静江さんが、親しい仲というのじゃありませんよ。ほんの顔見知り、という程度の知り合いですから。あっしの渡世は、三崎町で人に小金を貸して利息を稼ぐというやつで、静江さんとは、まあ似たような稼業で、一年ばかり前、たまたま言葉を交わす機会があった、それだけなんですけれど」

龍玄の母親の静江は、御徒町の御家人の家の生まれながら、武家の女にしては珍しく算盤ができた。龍玄の父親の勝吉と所帯を持ってから、台所事情の厳しい家禄の低い武家に、わずかな融通を頼まれたことがきっかけになって、静江自身も金勘定に案外の才覚があって、それ以来、主に御徒町や本郷、小石川あたりの禄の低い武家に頼まれ、わずかな融通という程度の金貸をやっていた。貸付先がだんだん増えて、それなりの収益を生み、龍玄が五歳のとき、湯島の裏店からこの無縁坂講安寺門前の一軒家を、地面の沽券ごと手に入れたのも静江の才覚だった。

「あっしは静江さんよりひとつ上の、まあ、似た年ごろの婆です。牢屋敷に雇われている知り合いから、静江さんの倅の別所龍玄さんのことや、生まれも育ちもいい器量よしの倅の嫁さんや、玉のような孫娘のことやらを聞かされて、へえ、どんな人たちなんだろうって、思っていたんです。ふふん、思っていたのと、だいぶ違ってましたよ。思っていたよりずっと、倅の嫁さんは器量よしだし、孫娘は可愛いし……」

お庫は百合に、にっこりと頬笑みかけた。

「では、お義母さまにお取次いたせば、よろしいのでございますか」

「いえ、あっしのなんか、お取次というほどの用じゃありませんので。でも、静江さんがおいででしたら、勝手口でけっこうですのでご挨拶をして、できましたら、ご主人の別所龍玄さんに、ちょっと、お話しさせていただけるよう、静江さんにお口を利いてもらえたらと、思いたちましてね」

と、持って廻った言い方をして、突然、奇矯なほど甲高い笑い声を井戸端に響かせた。杏子はお庫を見つめ、あんぐりとした。

「それでしたら、やはり、表へお廻りいただいて……」

百合が言うのを、いいのいいの、こちらね、とあっさり制し、かまわず勝手口の腰高障子を引き、竈のある勝手の土間に入って、茶の間の板間の上がり端に、

ちょこんと澄まし顔で腰かけた。百合は杏子の手を引いて、水桶を提げてお庫のあとに続き、

「義母(はは)を呼んでまいります。杏子、大人しくしているのよ」

と、お庫と杏子を茶の間の上がり端に残して、静江の居室へ行った。杏子はお庫の傍らにぽつねんとし、やはり不思議そうにお庫を見上げていた。お庫は杏子へ横目をちらちらと向け、に、とまた口元をゆるめた。だが、杏子はもう驚かず、お庫から目を離さない。

「なんだね。あっしの顔がそんなに珍しいかい。じゃあこんなのはどうだい」

と、今度は顔じゅうを皺だらけにして、いいっ、として見せた。すると、杏子は何を思ったのか、茶の間へよじ登り、静江の居室へ行った百合を追って行きながら、

「かか、かか……」

と呼んだ。

二

床の間と床わきのある八畳の座敷に、龍玄と静江が床の間と床わきを背に居並び、お庫はきまり悪そうに二人に対座していた。

座敷には板縁と土縁があって、中庭の塀際に、梅やなつめやもみじ、松の木々が、春の昼下がりの陽射しを浴びていた。庭の一角に盛り土をした花壇に、咲き始めた桜草の赤い花が見えていた。茶の間と勝手のほうでは、使いに出ていた下女のお玉が戻っていて、杏子がお玉に何かを言いかけ、「はい、お嬢さま」と、お玉がかえすやわらかい声が聞こえてくる。

お庫は、膝においた痩せた小さな手に手を重ねて、手の甲の皺を伸ばすように、しきりに擦り合わせていた。言いづらそうな訥々（とつとつ）とした口ぶりは要領を得ないものの、いい返事をもらわなきゃあ、というお庫の情の強さは伝わっていた。

「そりゃね、郡次郎は六尺を超えるあの図体（ずうたい）ですよ。本人は手加減して小突いたつもりでも、向こうは堪（たま）らずひっくりかえっちまったり、歯が折れたり鼻が潰れたり、つい気がゆるんで足腰立たなくさせちゃったりとか、そういうことがないとは言いません。だけど、あっしが郡ちゃんに可愛がっておやりっていう相手は、そうなってもしょうがない、お天道さまの下はまともに歩けない、親類縁者の鼻つまみの、親兄弟からも見捨てられた宿なしの、どうせ屑ばかりですよ。金を借りるときは殊勝な素ぶりでへらへらしてるくせに、約束は平気で破る、嘘をついて逃げ廻る、あっしと郡ちゃんの悪口を言い触らす、おまけにあっしらを化け物呼ばわりまでする、どいつもこいつも許しちゃおけないこすいやつらなんです。そういう仕つけのできてないのには、灸をすえてやらなきゃならないときだって、ありますよ」

そうでござんしょ、と言いたげに、お庫はそらした目を、ちらり、と龍玄へ向けた。

「郡次郎さんが手をかけた、許しちゃおけないこすいやつらとは、何人ぐらいいらっしゃるんですか」

静江が、少し声をひそめて訊いた。

「何人もいやしません。ひとりです。あ、二人かな。いや、三人か四人ぐらいかも」

お庫は首をかしげて小さな指を折り、それが片手では足りなくなって、数えるのをやめた。

「確かに、痛めつけたのはひとりや二人じゃありませんし、その気じゃないのに、つい殺っちゃったのも、何人かいます。でも郡ちゃんが相手を痛めつけるのは、殺るつもりじゃないんです。わざとじゃ、ないんです。あっしが手加減しないといけないよ、やりすぎちゃいけないよって、いつも言い聞かせていましたし、郡ちゃんの性根は、甘えん坊の臆病な子供なんです。ただ、一度怒りに火がついたら、手がつけられなくなって、怒りが静まって相手を半死半生の目に遭わせたと気づいて、どうしよう、えらいことをしちまったって、右往左往する子供なんです。だからあっしが、ああするんだよこうするんだよって、諭して庇ってやらないといけないんです」

「お庫さんと郡次郎さんは、長く所帯を持ってこられたと、聞いています。ずっと二人で今の生業を……」

「この春で、足かけ九年です。あっしは四十一歳で、郡ちゃんは十二下の二十九歳でした。博奕で金を使い果たして、一文無しであっしの店に転がりこんできましてね。こういう物騒な商売ですから、初めは、用心棒代わりにおいてやってもいいか、どうせ二、三ヵ月もたてば、気まぐれに姿を消しちまうんだろうって、それぐらいの気持ちでした。気づいたら足かけ九年がたって、去年の暮れに、よく持ったね、よく首がつながってるねと、郡ちゃんの酒樽みたいな太い首をなでてやって、この分じゃ十年持つかもね、なんて言って笑ったんです。なのに、正月早々町方が踏みこんできて、それまでってわけです。まさか、町方が正月早々、本気で仕事するなんて、思わないじゃないですか。つい、油断しちまいましたよ」

お庫はまた、奇矯な甲高い笑い声をひとりでたてた。

「郡次郎さんが、どなたかを半死半生の目に遭わせたとか、手をかけてしまったとかの科で、お縄になったんですね」

「どなた、なんて言うほどの相手じゃありませんけど、思いあたる節は山ほどありますので、どの科でお縄になったんだか、よくわかりません。でも、どこのどいつだろうと一緒です。こうなったら、郡ちゃんの打ち首はまぬがれませんから。郡ちゃんと暮らしたこの年月、いつかはこういう日がくることは、郡ちゃんもあっしも覚悟してました。しょうがないと、思ってます。ただ、郡ちゃんが牢屋敷で打ち首になるまで、さぞかし心細い思いをして、一日一日をすり減らしているんだろうなって思ったら、可哀想でならないんです。他人はどう思おうと、あんな男でも、九年も所帯を持ったあっしの亭主なんです。打ち首になるんだから、どうでもいいというんじゃ、済まないじゃないですか」

お庫は、赤く潤み出した目を、龍玄と静江に見せないようにして、干からびた頬笑みを日盛りの下の庭へ投げた。

「お庫さん、龍玄に何かを頼みにこられたのでしょう。それを仰ったら」

静江は、お庫を庇うように促した。

お庫は涙が乾くまで庭を見やって頷き、膝の上の手を擦り合わせた。それから、龍玄との間の畳へ目を移し、上目遣いに龍玄を見た。

「旦那さん」

お庫はやっと龍玄に話しかけた。

「もっと恐ろしげな、ごついお侍さんかと思ってましたよ。そうじゃなくて、優しい若衆のようなご様子なんで、意外でした」

静江は龍玄を横目に見て、苦笑した。

お庫は膝の前の茶碗をとり、皺だらけの喉を微細に震わせて一服した。

「小伝馬町の牢屋敷じゃ、首打役をお務めなんですってね。あっしの知り合いはね、やくざな博奕打ちとか、谷中の色茶屋や下谷の広小路あたりの地廻りらが多いんです。牢屋敷雇いの張番もいます。そういう知り合いから、別所龍玄がどういうお侍か聞いたんです。大抵、別所龍玄は凄腕の首打役だと、言ってました。おれもいずれ、別所龍玄の世話になるのさって、自分の首を叩いたりしましてね。でも、他人から聞いただけで、誰も旦那さんの凄腕を直に見たわけじゃないんです。別所龍玄の凄腕を直に見た者は、見た瞬間に首と胴が離れ離れになってるからだとか、牢屋敷の下男が言ってました。この目で見たわけじゃねえが、別所龍玄の首打ちを見た町方は、別所龍玄があんまり凄腕だから、あいつは化け物だと言ってるって」

龍玄と静江は、沈黙していた。お庫は、龍玄と静江の沈着な様子に、言いすぎたと思ったのか、

「済みませんね。上手く言えなくて」

と、碗を茶托に戻し、口を手で覆った。

「いいんですよ。お庫さん、お気になさらずに、どうぞ続けてください」

静江が声をやわらげた。お庫は、へえ、というふうに、龍玄へうな垂れて見せた。

「それでね、旦那さん。この正月に、町方に踏みこまれたとき、郡ちゃんは暴れ

廻ったものの、最後は町方に散々痛めつけられてとり押さえられ、あっしも一緒にお縄になっちまって、茅場町の大番屋まで、引ったてられたんです。さっき言いましたように、あっしも郡ちゃんも、いつかはと覚悟はしてましたし、これで郡ちゃんとは、今生の別れになると諦めちゃいるんです。けど、ひとつ、心残りがあるんです。何がって、郡ちゃんにさよならのひとつも言えなかったことが、心残りなんですよ。九年も所帯を持って暮らして、あんなどうしようもないあらくれの子供みたいな男でも、少しは情が湧きましてね。郡ちゃんもあっしみたいな婆の女房でも、そうじゃないかと思うんですよ。夫婦が、さよならも言わずに別れ別れになるなんて、寂しいじゃありませんか。悲しいじゃありませんか」

お庫は顔を上げた。

「旦那さんに、お頼みしたいんです。刑場で郡ちゃんの首をすっぱりと落とす前に、お庫が郡ちゃんにさよならを言った、と伝えてくれませんか」

お庫は龍玄をのぞきこむように、童女のような小柄な身体を前へかしげた。

「郡ちゃんは、図体はでかくても子供みたいに恐がりだから、きっと、刑場では大人しくしていないと思います。郡ちゃんのことだから、首打ちの間ぎわまで暴れて手を焼かせるでしょうけど、あっしがさよならを言ってたと伝えてもらえれば、大人しくなると思います。あんまり恐がらせないで、痛がらせないで、なるべく楽に逝かせてやってくれませんか。それで、もしも、さよなら以外にも言う間があったら、安心していいんだよ。あとのことはあっしに任せて、先にいって待ってておくれ。あっしはあとからいくから。そう言って、郡ちゃんを大人しくさせてやってくれませんか」

安心して……

とお庫は、消え入りそうな声で繰りかえした。それを繰りかえしたとき、お庫の日に焼けた浅黒い顔に、ほんのかすかな、うすらかな羞恥がにじんでいた。静江がお庫を凝っと見つめて言った。

「お庫さん。ご亭主にそう伝えたいなら、刑場のそんな切羽つまったときでなくても、牢屋敷にお務めのお知り合いに伝えてくれるように頼んだほうが、確かではありませんか。そうでなければ、町奉行所に龍玄の知り合いのお役人がおられますので、その人に頼んで、牢屋敷のご亭主に伝えたらいかがですか。龍玄、北町の本条さんにお頼みしたら、できるのではありませんか」

「できると思います」

龍玄は、お庫から目をそらさず言った。

「だめだめだめ。牢屋敷の使用人やらお役人やらは、絶対信じられませんよ。牢屋敷雇いの張番は、立場を利用して牢に入っている者の牢見舞をかすめたり、実家へ行って無心して、その金で博奕をやってるんですから。町奉行所のお役人は、あっしらのような弱い者やみじめな者は、馬鹿にして軽んじて、嘲笑ったり、貶めたりするだけですよ。お役人は自分たちが間違ってても、絶対に間違ったなんて認めないし、大目に見てほしかったら袖の下を寄こせって、集るしか能がないんです。お役人なんて、信用なりませんよ。郡ちゃんだって、お役人に伝えられても、本気にしないと思います」

お庫は、子供のような身体をねじって龍玄へ傾け、言葉つきを改めて続けた。

「旦那さんのおっ母さんとあっしとじゃ、生まれや育ちは比べ物になりませんけど、似た稼業なもんで、たまたまお知り合いになって、こうして厚かましく押しかけてきました。静江さんはあっしみたいな女に、分け隔てなく言葉を交わしてくだすって、本途に実のある方なんです。その静江さんの倅が旦那さんで、牢屋敷のお務めをなさってると聞き、きっと、立派なお侍さんに違いないと思いました。そしたら、谷中のやくざらの間でも、旦那さんの凄腕の首打役の評判は知られていて、やっぱり静江さんの倅は凄いお侍さんなんだって、感心しました。でもね、旦那さんの評判を聞いたのは、それだけじゃないんです。ほかにも、別所龍玄の評判を聞きました。旦那さんはお武家の切腹の介錯役を頼まれて、お務めになっていらっしゃるんじゃありませんか。介錯人の別所龍玄じゃ、ありませんか」

龍玄は黙然とし、わずかに首肯した。

「ですよね。郡ちゃんにその話をしたら、それは凄い、お侍の切腹の介錯人は、腕がたつだけじゃ務まらないんだ、性根が本物のお侍じゃなきゃだめなんだ、別所龍玄は間違いなく本物のお侍に違(ちげ)えねえって、郡ちゃんが感心して言うんです。じつは、郡ちゃんはやくざなあらくれに身を持ちくずしましたけど、あれで生まれはお武家なんです。どこのお武家か、それは話したがらないんですけど。おれは身持ちが悪く、お暇を出されて、先祖代々の家を失ってこんなやくざになっちまったと、それが郡ちゃんは恥ずかしく、負い目になっているんです。だから、どこのお武家の生まれなのか、女房のあっしにも言ってくれなかったんです。でも、切腹の介錯人がどういうお侍かは、知ってるんです。郡ちゃんが言ってたんです。おれはいずれ打首獄門はまぬがれめえ。けど、こんなおれでも侍の端くれ。

もしも切腹が許されたら、介錯人は別所龍玄に頼んでくれと、真顔で言ってたんです」

お庫はまた目を潤ませたが、顔はそむけなかった。

「旦那さん、郡ちゃんの切腹はだめでも、首打役が別所龍玄なら、介錯人の別所龍玄に素っ首を落としていただいたんだぜと、冥土で自慢できるんじゃ、ありませんかね。刑場で素っ首を落とされる前に、別所龍玄にあっしの言葉を伝えられたら、郡ちゃんは間違いなく本気にするし、そうかそうかと、安心して逝ってくれると思うんです」

それから、ぴたりと締めた中幅の昼夜帯の隙間より白紙のくるみを抜き出した。

「手間代の相場がどれほどか、あっしは知りませんので、とりあえず十両を包みました。もっとかかってもかまいませんので、手間代に足りなかったら言ってください。あとでお届けします。何とぞこれを」

と、龍玄へにじり寄り、膝の前に白紙のくるみを差し出した。静江が困った様子を見せて言った。

「お庫さん、牢屋敷の首打役は町方の若い同心のお役目で、龍玄はお役目の手代わりを務めているだけですので、ご亭主のそれを龍玄が務めるとは限らないのですよ」

しかし、お庫は畳に手をつき、丸髷の下の狭い額を手の甲に擦りつけた。

「そこを、なんとか、旦那さんのお力で、お願いします。あんな男でも、介錯人の別所龍玄のお手で首を刎ね、これまでの数々の罪を償わせてやってください。お願いします、旦那さん。お願いします」

お庫は、小さな身体をいっそう小さくしてうずくまった。お願いします、と呪文のように呟いた。

「わかりました。お庫さん、お請けします。ご亭主に必ずお伝えします」

龍玄が言った。お庫は手をついたまま顔を持ち上げ、よかった、というふうにほのかな笑みを浮かべた。

「それから、首打役の刀の研代は二分です。二分をいただきます。十両は多すぎます」

龍玄は白紙のくるみを、お庫のほうへすべらせて戻した。

お庫が帰って行き、龍玄はすぐに出かける支度にかかった。百合が手伝い、錆(さび)

朱の小袖に朽木縞の袴、紺青の羽織を着けた。

「北町の本条さんに会う。本条さんが出かけていたら、奉行所に戻ってくるまで待つつもりだ。遅くなるかもしれないが、夕餉は帰ってからとるので、そのように」

わかりました、と百合は中の口の土間に下りた龍玄を見送った。杏子と静江が百合とともに上がり端に居並び、

「龍玄、本条さんに会うのですね。無理をしないようにね」

と、静江が少し気にかけた。

「はい。ですが、この話は請けるべきなのだろうと、思いました。これも一期一会です。そういう気がしたのです」

「そうですか。なら、あなたの思うとおりに」

「杏子、行ってくるよ」

「とと……」

杏子が龍玄に花弁のような白い小さな手をふり、百合が、「いってらっしゃいませ」と杏子の頭をそっと押さえた。お玉は庭に出て、「旦那さま、いってらっしゃいませ」と見送った。

龍玄は、榊原家中屋敷の桜の木が薄紅色の花弁を舞わせている無縁坂の、まだ昼下がりの天道が輝きを降らす中を、池之端へくだって行った。

三

谷中三崎町の辰吉郎店に、南北両町奉行所の捕り方が踏みこんだのは、この正月の三日早朝だった。感応寺古門前町よりくだる三崎坂方面の正面は北町、三浦坂から藍染川堤端を三崎町へ向かう搦手は南町、それぞれ指揮をとる与力ひとりに当番同心三人、中間小者手先ら十人余の、両町奉行所の三十人余が、御用提灯に、六尺棒、鉄棒や寄棒、縄、梯子、掛矢、突棒、刺股、袖がらみ、鳶口などの捕物道具を携えて従い、夜明け前のまだ眠りから覚めない暗い往来を固めた。一番鶏は鳴いたが、谷中のその周辺は凍てつく寒気に包まれ、捕り方が忙しなく吐く白い息を、御用提灯の明かりが照らしていた。

「よし、そろそろよかろう。かかれ」

北町の与力の号令がかかり、三人の当番同心を先頭に、中間小者に手先らが辰吉郎店の路地へ駆け入り、どぶ板をけたたましく踏み鳴らした。お庫と郡次郎の店の板戸を囲んだ一隊は、まず先頭の同心が声を張り上げた。

「郡次郎、および女房庫、そのほうらにお上の御用である。戸を開け、神妙に出てこい。お上の御用である」

同心の声が正月三日の夜明け前の空に響きわたったが、店の中は静まりかえっていた。同心の声を聞きつけた町内の犬が、不安げに吠え始めた。捕り方は、長くは待たず、

「いたしかたなし。戸を破れ」

と同心の指図で、掛矢を手にした小者が板戸をたちまち叩き破り、捕り方がなだれこんだ。

が、もくろ見どおりに一斉にとはいかず、片引きの狭い戸口より一人二人三人まで、ひとりずつ飛びこみ、三畳間の寄付きへ走り上がったところへ葛籠が飛んできて、先頭の顔面に音をたてた。小者が悲鳴を上げて土間に転がり、それを飛び越えて捕り方は次々に踏みこむが、小箪笥や踏台や箱枕、行灯や米櫃までが飛んできて、絶叫や喚声や怒号が飛び交い、捕り方は身をすくめたり横転したり、飛んでくる物を避けるのにてんやわんやのあり様だった。

そこへ、六尺を超える大男の郡次郎が子供のようなお庫の手を引き、片手には

抜き放った刀をふり廻し、雄叫びを発しつつ、奥の四畳半から寄付きへ、床を踏み破りそうな勢いで出てきた。路地でかざした御用提灯の明かりが、大男の郡次郎と小女のお庫をなぶるように照らしていた。夜明け前の震え上がる寒気の中で、二人は寝間着代わりの帷子と襦袢（じゅばん）と腰巻だけだった。

捕り方のほうは、郡次郎へ十手（じって）や六尺棒、鉄棒、寄棒、突棒などを浴びせかけるのを、郡次郎は打ち払い打ち払いして、寄付きの床をとどろかせ、行手（ゆくて）を切り開こうと滅多矢鱈（やたら）の大暴れを続けた。少々の打擲や疵（きず）は物ともせぬかのごとくに、獣のように咆哮（ほうこう）して多勢の捕り方を蹴散らし、捕り方のほうが、ひとり二人と路地へ叩き出され、逃げまどうあり様だった。

そのとき、店の裏へ廻った捕り方らが、裏の板戸を蹴破って、奥の四畳半から寄付きへ突入し、郡次郎に手を引かれ庇われていたお庫へ、六尺棒や十手を浴びせかけた。お庫の悲鳴が上がると、

「お庫さあん」

と郡次郎は叫び、お庫を抱き寄せて身を転じ、裏手の一隊へ刀をふり廻した。

その隙に、表側の捕り方は郡次郎に襲いかかり、鉄棒や寄棒を背中や頭に叩きつけ、突棒、刺股で攻めたてた。郡次郎は大きな身体を丸めてお庫をすっぽりと

くるみ、前後よりの滅多打ちにも怯まず懸命に刀を揮い、表へよろけ、裏へよろけながら、奮戦を止めなかった。

郡次郎の顔は腫れ上がり血にまみれ、帷子は引き裂けぼろ布同然になった。だが、それでも抵抗をやめず、お庫を身体の中に庇って路地へようやく出てきた。途端、球縄が前からも後ろからもからみついて動きがとれなくなり、そこへ刺股に足をとられて、身体の中にくるんだお庫とともに、どすん、と地面を震わせて転倒した。

捕り方らはすかさず伸しかかって、郡次郎の刀を奪い、北町の白縄でお縄にしていくが、郡次郎は転倒してもなお、片腕はお庫を抱き、もう一方では、転がったり、足をじたばたさせて、捕り方を突き退けようともがいた。

ところが、片腕一本で抱きかかえていたお庫が捕り方らに引き離され、荷物のように路地を引き摺られて行った。お庫の金切声が路地の暗がりを引き裂くと、

「お庫さん、お庫さん」

郡次郎は喚き続け、引き摺って行ったお庫に容赦ない打擲を浴びせている捕り方らに、けたたましく吠えたてた。

「やめてください。お庫さんに手を出さないでください。やめてください。大人

しくしますから、お庫さんに乱暴はしないでください。お庫さあん、お庫さあん……」

龍玄は北町奉行所の表長屋門をくぐって北側の、表門番所、同心詰所と並ぶ長屋の部屋に上がって、平同心の本条孝三郎と対座していた。そこは、宿直や夜勤の同心らの休息や仮眠に使う二十畳ほどの部屋で、昼下がりのその刻限は龍玄と本条のほかに人はおらず、殺風景に見えるほどがらんとしていた。

東側に曰窓が開いていて、奉行所を囲む堀ごしの、本丸下の往来と白壁のつらなりが見えた。本条が下番に言いつけた茶托と碗が、対座した龍玄と本条の前におかれている。

本条は、正月三日夜明け前の郡次郎お庫の捕縛で、北町から出役した当番同心三人のうちのひとりだった。郡次郎の木の幹のような太い足で路地へ蹴り飛ばされ、一瞬、気を失うほどの目に遭ったと、捕物の顚末を語った本条に、龍玄は問いかけた。

「そのとき、郡次郎は、お庫さんと、妻のお庫を呼んでいたんですね」

「ああ、そう呼んでた。やめてください、お庫さんに手を出さないでくださいと、馬鹿が大声を張り上げて、他人行儀というほどじゃねえが、てめえの女房を妙に気どった口ぶりで庇うのさ。妻にしては、ずいぶん歳の離れた婆さんだぜ。お庫はお庫で、郡ちゃん郡ちゃんと、てめえの倅みたいに呼ぶし、あの夫婦は、滑稽というか奇妙というか、どっちもいかれてるとしか思えねえ。そういう意味で、がきみてえな婆さんのお庫といかれた大男の郡次郎は、案外に似合いの夫婦なのかもな」

「なぜ、お庫は解き放たれたのですか」

「谷中の博徒らは、お庫いき、と言ってるそうだ。お庫から烏金の借金をして期限どおりにかえせねえと、元金は無理でも、せめて利息だけでも払えねえ限りは、倅みてえな亭主に可愛がっておやりとお庫が命じて、亭主が半死半生の目に遭わせるんだ。中にはわずかな借金で、ふっ、と蠟燭の火が消えちまうみてえに、命の火を吹き消されちまうやつもいると、前から噂にはなっていた。たぶん、ひとりや二人どころじゃなかっただろう。去年暮れにお庫いきの差口があって、去年だけで三人は殺っていると、掛の調べで明らかになったらしい。本途は、もっといるに違いねえ。その気はなくとも、あの図体と馬鹿力でちょっと痛めつけたつもりが、気がついたらくたばってたというのもあるだろう」

本条はそう言い、嘲るように鼻先で笑った。

「ところが、お庫いきの差口だから、頭はお庫のはずが、大番屋のとり調べで、郡次郎が全部ひとりで殺った、お庫には一切かかり合いがねえ、お庫を解き放ってくれたら、差口のない件でも、これまでの悪行を何もかも話すからお庫を解き放ってくれ、首打ちになるのは自分ひとりにしてくれと、郡次郎が言い張ったらしい。それになんとまあ、南か北か知らねえが、町方の中にも谷中の賭場で遊んだのがいて、お庫から金を借りたままとかで、町方だからお庫は厳しいとりたてはしなかったらしい。そいつかそいつらかが、お庫のとり調べでそれをばらされたくないもんだから、裏で手を廻したという、まことしやかな噂も聞こえている」

ちぇっ、と本条はつまらなそうに舌打ちをした。

「おれは掛じゃねえから、とり調べの子細はわからねえ。けど別所さん、郡次郎とお庫の何が訊きてえんだい。珍しいじゃねえか。別所さんがわざわざ奉行所におれを訪ねてくるなんてさ」

龍玄はしばしの間をおいて言った。

「今日、お庫が無縁坂の住居を訪ねてきたのです。わたしが牢屋敷の首打役を務めているとと聞きつけ、郡次郎の首打ちの間ぎわに、伝言を頼まれました。お庫は、わたしが手代わりと知らず、わたしが郡次郎の首を打つものと、思いこんでおり……」

龍玄は、それからお庫の頼みを本条に聞かせた。本条は、顎の髭剃り跡を擦りつつ、不思議そうに、ふんむ、とうなった。

「さよならを言う間も、なかったたってかい。安心して、あとのことはあっしに任せてかい。それだけの用で、わざわざ、無縁坂まで押しかけてこられちゃあ迷惑だな。もっとも、役人は信用ならねえからってえのは、あたっていなくもねえがな。それにしても、郡次郎は血の廻りの悪い大男の、人を虫けら同然に始末してもなんとも思わねえ、人非人のあらくれだぜ。それが器量も悪いし、色気も何にもねえ小女の、しかも、十二も年上のもうすぐ五十に手が届く婆さんの女房は、てめえの命を捨ててでも助けてえと、言い張った。一方の、金の亡者のあくどい金貸の女房のほうも、獣みてえな亭主に小娘みたいに今生の別れを伝えたいと、それだけのために、別所さんを訪ねて、なんの稼ぎにもならねえつまらねえ頼みごとをしたってわけだ。やっぱり亭主が恋しいのかね。夫婦とはまさしく、不思議というか、奇怪なものじゃねえか。所帯持ちの別所さんには、わかるのかい。

そういう奇怪な、夫婦の機微ってやつがさ」

本条は、龍玄をからかうようにのぞいた。

「いえ……」

龍玄はひと言かえし、束の間をおいて「ですが」と続けた。

「お庫が郡次郎に今生の別れを言いたいと、切実に願っている心情は察せられました。よって、本条さんにお頼みしたいことがあって、お訪ねしたのです」

すると、本条は察しよく言った。

「郡次郎の首打役の手代わりを別所さんが務められるように、とり計らえばいいんだな。いいとも。誰が郡次郎の首打役を命じられるにせよ、郡次郎の樽みてえに太い素っ首を、一刀の下にすっぱりと、縮尻らずにやるのは厄介だ。みな二つ返事で別所さんに手代わりを頼むぜ」

老屋敷の首打役は、若い同心の役目である。

「今ひとつ、お頼みしたいことがあります」

「なんだい」

「お庫が、郡次郎は武家の生まれだと言っておりました。郡次郎は身持ちが悪く、出自の家を潰して無頼の徒に身を持ちくずした。それが負い目のようで、郡次郎はお庫にもどういう武家だったかを、明かさなかったのです。本条さん、郡次郎の出自をご存じなら、お聞かせ願えませんか」

「すっぱりと、首を落とす相手の出自が気になるのかい。出自がどうだろうと、郡次郎は何人も手をかけた重罪人だぜ。今さら、出自を気にかけてどうなるんだい」

「なるべくならば、罪にいたる謂れを知っておきたい。わたしはずっと、そうしてきました。それだけです」

本条は、また顎の髭剃り跡をなでつつ、龍玄に首肯した。

「そうだな。それが別所龍玄だったな。郡次郎の出自は、詳しくは知らねえ。掛の山岸さんから聞いた程度なら話せるが。それとも、山岸さんに直に訊くかい」

「本条さんの、ご存じのことだけで、けっこうです。お聞かせください」

「そうかい」

と、本条は話し始めた。

「郡次郎が元は武家と知ったのは、出役の折りに、郡次郎の元は幕臣で、ただの博奕打ちとかやくざじゃねえから、油断するなって言われたからさ。幕臣でも身を持ちくずしてそうなるかいと、ちょっと哀れに思ったぜ。郡次郎は、表火之番衆の竹下伊左衛門の倅だ。竹下家は七十俵の御家人ながら、組屋敷は両国薬研堀の西にあって、代々続く家柄だった。郡次郎はひとり息子で、十歳のころからあの図体になり始めて、なりは人並み以上だが、中身が追いつかなかった。山岸さんの言うには、身持ちの悪いふる舞いをするようにもなっていたそうで、元服はしたものの、竹下家の跡とりがあれでは、郡次郎の火之番衆の番代わりは無理だと陰口を叩かれ、郡次郎は周りにだいぶ疎んじられていたようだ。もっとも、身持ちの悪いふる舞いがどういうふる舞いか、それは山岸さんもわからねえと言ってた」

「それでも、郡次郎は、竹下家を継いだのですね」

「継いだ。父親の竹下伊左衛門が急病で亡くなって、郡次郎が竹下家を継いだんだ。ところが、郡次郎の身持ちの悪さを理由に、上役の表火之番組頭らが談合して、郡次郎に無理やりかどうかはわからねえが、暇をとらせた。というのはまあ名目で、早い話が、厄介養育金百五十両が郡次郎にくだされた。表火之番組から禄が七十俵の表火之番組の番代わりをする御家人株を売り払って、郡次郎はお払い箱になった。竹下家の最後になったってわけさ」

「郡次郎の母親は、竹下家はどうなったのですか」

「母親のことは聞かねえ。たぶん、だいぶ前に亡くなったか、郡次郎が子供のころに里に帰され縁が切れたかだ。郡次郎が表火之番衆から暇を出されて、御家人の竹下家が消えたとき、母親はいなかったようだ。縁者はいただろうが、身持ちの悪い郡次郎とかかり合いになるのをいやがって、誰も郡次郎を庇わなかった。谷中へ越して町家暮らしを始めたのは、二十代の半ば前だった。それでも、厄介養育金の百五十両を元手に、地道に商売でもすりゃあ、少しはましな渡世になったはずだが、そういう才覚もなかった。後先を考えずに、博奕と酒に溺れ、谷中の茶屋町の女と戯れ、わずか数年で百五十両は使い果たした。それから先は、馬鹿でかい図体と馬鹿力で、賭場の用心棒やら無頼漢らの喧嘩の助っ人をやったり、遊び金ほしさの強請り集りを働いたりと、いつ町方のお縄になってもおかしくない小悪党に落ちぶれ果てた」

「郡次郎とお庫が馴れ初めたのは……」

「山岸さんが言うには、烏金を営んでいるお庫が、下谷の博奕打ちのとりたてに手を焼いていたのを、郡次郎を雇って上手くいったのが、馴れ初めらしい。それからお庫がちょくちょく郡次郎を雇うようになり、そのうちに、郡次郎が三崎町のお庫の店に転がりこんだ。そのとき、郡次郎は二十八、九で、お庫は四十をすぎていたはずだ。初めは、四十をすぎた婆さんひとりの金貸は物騒だから、用心棒に雇ったと思われていたが、どうやら二人は夫婦（めおと）になったらしいとわかって、谷中界隈のやくざや博奕打ちらは呆れたって話だ。だが、そのうちに、郡次郎とお庫が、毎日、どんな天気の日でも、大男と小女の婆さんの奇妙奇天烈（きてれつ）な見世物みたいに連れだって、とりたてに出かける姿が見られ、初めは、またきたぜ、いつまで演るのかね、と陰で笑っていたのが、ときがたってそれが当たり前になり、みな何も言わなくなった。その間にお庫いきが何人も出た挙句、とうとう九年目のこの正月の捕物になって、ようやく郡次郎お庫の奇妙奇天烈な見世物が幕引きになった。おれの聞いたのはそんなとこだ。別所さん、何か気になることがあったかい」

「身持ちの悪い郡次郎は、周りから疎んじられ、武士の身分を失い、身のおきどころがなく流れた先が、お庫の亭主だったのですね。郡次郎は、お庫のそばにおのれの居場所を見つけたのかもしれません。だとすれば、郡次郎が自分の命を捨てても、女房のお庫を庇ったふる舞いは納得できます。筋が通っています」

「へえ、別所さんが郡次郎なら、同じことをするかい」

「たぶん……」

「たぶん？　たぶんとは」

「本条さんが郡次郎なら、どうしますか」

「するもんか。おれは独り身だぜ。別所さんとこみたいに、家柄のいい器量よしの女房と所帯を持って、可愛い子供でもいたら、もしかしたらするかもな。たぶん……」

本条は龍玄をからかい、甲高く笑った。そして、笑いながら言った。

「別所さん、お庫の素性はいいのかい」

「ご存じなのですか」

「それも、ちょっとだけだが」

本条がお庫の素性を話していたとき、下番が呼びにきて、話は中断した。

「本条さま、お年寄の塚本さまがお呼びです。詰所へくるようにと、仰っておられます」

「承知した。すぐに行くと伝えてくれ。別所さん、今日はこれまでだ。郡次郎の裁きがくだされる日どりは追って知らせる」

本条が座を立ち、龍玄も続いて立ち上がった。人の出入りが多くなったらしく、表門のほうよりざわめきが聞こえてきた。

四

寛政二年春三月、十一日より深川永代寺で京都大仏の内弁才天が開帳になり、この間、境内見世物に《壬生狂言》が出た。《壬生狂言》は大いに受け、酒宴の興に幇間が真似て演じるほど世に行われて、両国広小路の見世物小屋の興行でも《壬生狂言》は催された。

谷中三崎町辰吉郎店の郡次郎に、打ち首の裁きがくだされた三月の下旬のその日、小伝馬町牢屋敷より望む西の空の雲間に、夕焼けが赤々と燃えていた。穏やかな晩春の夕方だが、昼間の名残りの明るみが次第にうすれていく上空には、烏の一群がしきりに飛び交い、不安げに鳴き騒いでいた。

龍玄は桑染めの単衣に白襷をかけ、黒無地の細袴の股立ちを高くとり、腰に村正の二刀を帯びて、切場の傍らにひとり佇んでいた。

切場には血溜の九尺四方の土坑があり、そのわきに、囚人の跪く空俵が敷かれている。刑場西側に設えた板葺屋根の検使場には、囚獄石出帯刀、検使役与力、牢屋見廻り与力の三名が所定の位置にすでについて、龍玄の佇む切場を見守っていた。

ほどなく、地獄門より刑場の木戸へと、幾人かの足音が、固い沈黙とともに近づいてきた。木戸は板塀に挟まれた三寸角の格子戸になっていて、格子戸の中に設けた片開きのくぐり戸を抜け、初めに、白衣に黒羽織の定服を着けた検使役同心、牢屋見廻り同心、首打役の同心、そしてもうひとり、本条孝三郎がくぐった。続いて、羽織袴の牢屋同心の四人がくぐり、そのうちの二人は水桶と血糊をぬぐう半紙を持ち、切場の龍玄の後ろに控える位置についた。ほかの二人は、町方の検使役らと並び、検使場に相対する刑場の東側から、南側の切場を見守る位置を占めた。

郡次郎が、三人の牢屋人足のてんまに左右の腕と背中の縄目をとられ、押し出される恰好で木戸をくぐり抜けたのは、そのあとだった。続いて、さらに三人の牢屋人足が、普段は素手だが、ひとりが捕物に使う柄の長い刺股を手にし、二人は六尺棒をわきに携えて、木戸をくぐって刑場に現れた。

郡次郎はまさに大男だった。郡次郎を前へ押し出す人足の三人は、子供が左右と背中にすがっているように見えた。獄衣に縄が食いこむほど厳重に後ろ手に切縄をかけられ、二枚折りの半紙で目隠しをされているのが煩わしそうに、太いうなり声をたてて身体をゆすると、三人の人足は、よたよたとふり廻された。

郡次郎は、いよいよ刑場に押し出されたのがわかって怯えてか、子供のように駄々をこね、顔をふっていやいやをし、獄衣の身頃が割れて露わになったぼってりとした太い足を突っ張り、地面に跣を擦らせた。そして、とき折り絶叫を発し、巨体をいっそう激しくくねらせ、人足らをふり廻し、周囲へ怒声を投げつけ、雄叫びを上げ、意味の不明な罵声を刑場の夕空へ喚き散らした。

それを、左右の腕と背中を三人の人足が懸命にとり、刺股を手にした人足は郡次郎の筋張った太いうなじへ刺股を突きつけて頭を押さえ、六尺棒の人足二人が、突っ張った足を容赦なく痛めつけたり背中を槍のように突いたりして、六人がかりで龍玄の佇む切場へ向かわせていた。

刑場の上空を飛び交う一群の烏が、郡次郎の叫び声にあおられて、激しく鳴き騒いだ。

検使場の検使役が、上空で鳴き騒ぐ一群の烏を見上げて眉をひそめた。それから、検使場の右手方向の切場にひとり佇んでいる龍玄が、やおら抜刀し、刀身に夕空の残り少ない明るみが映えるのを物憂く見つめた。

龍玄は、背後の牢屋同心へ打役刀を差し出し、牢屋同心は刀身へ桶の水を濺いだ。龍玄は、切先を下に向け、一度水をふるった。そして右わきへ垂らし、郡次郎が血溜の土坑の空俵に跪くのを待った。

郡次郎は土坑のそばまで押し出されていたものの、なおも観念せず、絶叫を周りへ投げつけ、喚き散らし、巨体をゆすって足を突っ張り、じたばたするのをやめなかった。だが、ずるずると地面を擦って突っ張っていた両足を、人足の六尺棒でしたたかに打たれ、ついに空俵へ跪かされた。散々に打たれた郡次郎の膝頭や臑は、赤く腫れ、血だらけになっていた。

「虚仮が。世話を焼かすな」

刺股を手にした牢屋人足が、跪いた郡次郎の首を突き下ろした。それでも逆らって太い首をふり、立ち上がろうともがく両足を、六尺棒の二人が加わって押さえ、左右の腕をとった二人と背中の縄目をつかんだ人足が、郡次郎を動かさないようにして、土坑へ無理やり押し出した。縄目をつかんだ人足が、郡次郎の獄衣を下げて、太い首筋と岩塊のように肉の盛り上がった、赤銅色の艶やかな両肩をさらけ出した。

龍玄は土坑の傍らへ、すでに進んでいた。

郡次郎は、首打役が傍らに近づいたのに気づいたのか、捕獲された獣が怯えて暴れ吠えるように、なおも絶叫を繰りかえし、喚き、誰かれなく罵った。大声を発するたびに、目隠しの半紙がふるえていた。

本石町の時の鐘は、夕六ツをまだ報せていなかったが、鼻筋に汗を浮かべた牢屋人足らが、お願えしやす、と龍玄へ催促する目を向けた。

龍玄は、人足らへ頷いた。

しかし、打役刀を上段へとるのではなく、後方へ引き、郡次郎の耳元へ身体をかがめた。そして、静かにささやきかけた。

「郡次郎、拙者、介錯人別所龍玄と申す。三崎町の……」

首打役のささやきかけが、郡次郎を押さえた牢屋人足らには、三崎町の……とまでささやいたらしいそのあとが聞きとれなかった。ただ、それはまるで何かの呪文を唱えたかのようなかすかなささやきだったが、途端に郡次郎の怒声と絶叫が途絶え、刑場は、上空を飛び交う一群の鳥が、郡次郎の無駄な抵抗を囃したてる、けたたましい鳴き声だけになった。

郡次郎は突然静まって、首打役のまじないにかかって暴れなくなり、むしろ首打役へ首を寄せるような仕種すら見せた。牢屋人足らは、静まった郡次郎の首を血溜の土坑へ差し延ばさしめた。

それから尚も首打役のささやきかけが続き、郡次郎は凝っとそれに聞き入った。

牢屋人足らは、別所龍玄というこの若く痩身の首打役が、牢屋同心や町方の間で化け物と呼ばれるほどの腕利きとは知っていた。郡次郎の巨体は、その化け物のまじないに誑かされ、恐れをなして動けなくなったかのようにも、あるいはまた厳かな読経に心を安らかに静めたかのようにも見えた。

やがて、首打役のささやきかけが終り、郡次郎は、刺股で突き下ろされた首を、お庫さん、わかったぜ、とかえすように小刻みに震わせた。そして、人足らに押されるまま土坑へ差し延べた首の震えを、ぴたり、と止めた。

龍玄は身を起こし、打役刀を上段へふりかぶった。刺股を突き下ろしている人足へ、もうよい、という目配せを送った。人足は刺股をはずし、筋張った太い首が、暗みを増す夕空にさらされた。そのとき、本石町の時の鐘が夕六ツを報せ始めた。すると、郡次郎が彼方の空へ投げるように叫んだ。

「お庫さあん……」

目隠しの半紙がゆれ、叫び声がかすれて消えた瞬間、龍玄は執刀し、郡次郎の首が血溜の土坑に転がった。時の鐘が六ツを報せ終るのを、龍玄は待たなかった。人足が土坑へ駆け下り、目隠しをとって髻をつかみ、血の滴る首を検使場へかざして見せた。

郡次郎のその顔には、安らかな頰笑みが浮かんでいるかのように見えた。

五

それから数日後の、晩春のやはり天気のいい昼下がり、お庫は短く細い腕に紫(むらさき)なずなの素焼きの小鉢を抱えて、無縁坂を上って行った。坂の通りがかりが何気なくお庫を見かけ、一瞬、紫色の小花の小鉢を携えた童女かと思い、すぐに小柄な老女と気づいて、吃驚(びっくり)したような、おかしいような顔つきになって通りすぎて行った。無縁坂に沿って、越後高田藩榊原家の中屋敷の土塀がつらなり、土塀より高く坂へ枝をのばした木々のあちこちで、小鳥がのどかにさえずっていた。

お庫は、講安寺門前の通りからひと筋はずれた小路の曲がり角まできて、やれやれ、とひと息ついた。小路へ曲がり、半月ほど前にも訪ねた龍玄の住居へと向かった。

住居を囲う板塀の先の木戸門を黙ってくぐり、玄関と中の口の前をすぎて、主屋の裏手の勝手のほうへ断りもなしに廻った。勝手口があって、大きな椿の木の下の井戸端に、見覚えのある器量よしのご新造と、丸顔で器量はよくないけれど、愛嬌のある若い下女と、それから、見ただけでつい頬がゆるんでしまうよちよち歩きの女の子がいた。若い下女が小盥で何かを洗い、ご新造はそれを上からのぞきこんで、桶の水を盥に少しずつ濺いでいた。女の子は、下女の傍らに並びかけ、下女の洗い物に手を出し、花弁の指先で下女を手伝っていた。女の子が声を上げ、ご新造と下女が華やかに笑っている。

ふん、やっぱりここは、様子が違うね。

と、お庫は井戸端へ歩みながら、日に焼けた浅黒い顔を皺だらけにした。

百合がお庫に気づき、あら、という器量よしの顔つきを向けた。桶をおき、お庫へ辞儀を寄こした。

「ご新造さん、先だっては」

お庫は小手をひらひらさせ、百合に身体をくねらせるような辞儀をかえし、小盥から立ち上がって、「ようこそ」と、辞儀をするお玉にも馴れ馴れしく言葉をかけた。それから、盥から顔を上げてお庫を、ぽかん、と見上げた杏子に、顔をいっそう皺だらけにして笑って見せた。

「杏子さん、小母さんを覚えているかい。またきたよ」

杏子はお庫へ花弁の指先を向け、あ、と声を出し、百合に向いて、

「かか……」

と、呼びかけた。

「お庫さん、おいでなさいませ」

「お邪魔して済みませんね。楽しそうなお仕事中に」

「仕事ではありません。そちらの講安寺のお寺さまから、境内の筍をいただいたんです。土を洗い落としていたところです」

「あら、筍。本途に、立派な」

小盥に三本の太い筍が見えた。

「今夜は、筍ご飯ですね」

お庫が言うと、杏子は知ってか知らずか、「はい」とこたえたので、お庫は甲高い声を響かせて笑い、杏子を驚かせた。

「あの、これ、店の裏のちっちゃな明地に咲いてたんで、こちらの花壇の、桜草の隣にでもと思って、持ってきたんですよ」

お庫は、紫なずなの素焼きの小鉢を、百合に差し出した。

「まあ、珍しい。紫なずなですね。紫色が可憐で綺麗なこと。ありがとうござい

ます。早速、植え替えます」

百合は、細い指の手を小鉢の周囲へ囲うように差し出した。

「去年の秋、亭主が谷中のお百姓さんから種をもらってきて、裏の明地に植えたんです。ちっとも咲かないので忘れていたら、今ごろになって、亭主が残していってくれたみたいに、ひっそりと咲いてくれましてね。戻ってきたのかいって思ったら、ちょっと泣けました。あの、ご新造さんはご存じじゃないかもしれませんけど、あっしの亭主は牢屋敷で、これになっちゃいましてね」

お庫は、照れ臭そうな素ぶりをして、小さな手刀を首筋にあてた。百合は承知していたから、小さく頷いた。そして、

「主人も義母もおります。どうぞ」

と言った。すると、お庫の目が見る見る潤んだ。しかし、お庫はさりげない素ぶりを消さず、はい、と軽々とした返事をして、お庫から目を離さない杏子に頬笑みかけた。

客座敷の八畳間に、二月晦日のあの日のように、龍玄と静江が床の間と床わきを背に居並び、お庫は二人に対座し、龍玄が、刑場の郡次郎の様子を子細に語る

間、袖の下の肌着でぬぐいきれない涙をぬぐい続け、それでいて、それがまるで楽しい思い出話ででもあるかのように、くすくす笑いや、寂しそうな頬笑みを絶やさなかった。

ただ、郡次郎が最後にお庫の名を呼んだ話をしたときは、お庫は堪えきれずに咽（むせ）て俯せ、細い肩を震わせ始めたのだった。静江はお庫のそばへにじり、背中へ手を触れた。

「お庫さん、大丈夫ですか」

静江が声をかけた。お庫はぐすぐすと咽び泣きながらも、しっかりと頷いた。

晩春ののどかな昼下がりのときが流れていた。無縁坂のほうで、「へえ油、へ〜油ぁ」と、油売りの売り声が通りすぎて行き、講安寺の境内の林では、小鳥が心地よさそうに鳴いていた。やがてお庫は身を起こし、肌着で涙をぬぐいながら、

「相済（あい）みませんね」

と、ちょっと気だるい口調で言った。

お庫の顔は、泣き腫らしてなんのつくろいもなく、壊れかけた木偶（でく）のように、痛々しさだけが剝き出しになっていた。それでもお庫は、龍玄へ無理やり笑いかけた。

「旦那さん、ありがとうございます。郡ちゃんが願ってたとおり、介錯人別所龍玄のご慈悲のご執刀のお陰で、郡ちゃんは罪を償い、きっと改心して、成仏できたと思います。あっしも、これで気持ちがすっとしました」

「お庫さんがなかなかお見えにならないので、三崎町のお店にお知らせに行こうかと、龍玄と話していたんですよ」

静江が言った。郡次郎の最期の様子は、あっしが聞きにうかがいます、とお庫は言っていた。刑の執行から数日がたっていたので、龍玄も静江も、お庫はまだ知らないのだろうと思っていた。

「いいえ。知ってました。けど、なかなか抜けられなかったもんですから」

お庫は十分泣いて、悲しみがすぎ去ったあとの晴れ晴れとした様子だった。

「郡次郎さんの生まれが、少し聞けました。それもよろしいですか」

龍玄が言うと、お庫は内心の驚きを抑えて、

「旦那さん、調べてくださったんですか」

と、平静を装った。

「郡次郎さんは、公儀直参御家人の代々続く家柄の、表火之番衆七十俵竹下伊左衛門のひとり息子です。組屋敷は両国薬研堀の西にあって、郡次郎さんはその組

屋敷で生まれたのです」

それから、郡次郎の生いたちと、御家人の身分を失い谷中に流れてくるまでの、さして長くもないきれぎれの経緯を聞いて、お庫は物憂そうなため息を吐き、

「公儀、直参のひとり息子が……」

と呟いた。

「旦那さん、先だっても言いましたよね。郡ちゃんは代々続く生まれた家を、自分が潰したことを恥ずかしく思って、おれは武士だと自慢に思いながら、公儀直参も御家人も、竹下家も表なんとかも、女房のあっしには、どうしても話さなかったんです。変ですよ。女房なんだから、それぐらい話したって、いいじゃありませんか。亭主が女房に、なんで恥ずかしがるんですか。今、旦那さんにうかがうまで、そう思ってました」

「もう違うのですか」

「今、旦那さんにうかがって、わかりました。郡ちゃんは、言わなかったんじゃなくて、言えなかったんですね。おれは武士だと自慢に思いたいのに、周りからおまえは武士じゃない、おまえはできが悪くて、武士の値打ちがないと、お役目も生まれ育ったお屋敷も追われて、武士でいられなくなっちゃったんですものね。

可哀想に。それじゃあ、潰されたのは、代々続く生まれた家じゃなくて、郡ちゃんじゃありませんか。つらかったんだろうな。あんなに立派な身体してるのに、自分をみっともないと思って、女房のあっしにさえ、知られたくなかったんですね。恥ずかしくて、ならなかったんでしょうね」

お庫は郡次郎を不憫に思ってか、小さな肩を落とした。

「旦那さん、あっしの生国は越後の高田なんです。貧乏育ちですけど、二十歳をすぎて小商人の亭主と所帯を持ちました。でも、一生懸命亭主につくしたんですけど、一年も続かなかったんです。よそに女ができたとかじゃないんです。あっしのこの姿がね、どうしても好きになれないって、亭主に言われたんです。おまえはまともな女じゃない。気持ちが悪いって。里に帰されて。だけど、里にも居づらくて、江戸へ奉公に出たんです。浅草の町家で、一季とか半季とかの奉公を何年か続けました。いろいろあって、谷中の新茶屋町の女郎務めを始めたのは、二十五歳のときです。色町には変わった人も遊びにきますから、こんなでき損ないの女でも、案外に面白がるお客さんもいて、女郎なら気持ち悪がられずにやっていけました。婆さんになってお客がとれなくなってからは、色茶屋の婢になりました。あっしは、借金があったわけじゃありませんから、ちょっとばかり小金が溜まって、それを元手に、女郎衆やら茶屋の使用人相手に小金の金貸をしたのが、この生業を始めたきっかけです」

お庫は、しばしの沈黙をおいた。茶の間のほうで杏子とお玉の声がして、すぐに聞こえなくなった。お庫は続けた。

「郡ちゃんは、あの図体で、本途は気が小さくて、甘えん坊で、父(とと)と母(かか)にうんと甘えたかったんです。でも、父も母も可愛がってくれなかった。子供のころは、毎日、父に引っ叩(ぱた)かれて泣いてばかりいたと言ってました。父が恐くて、どうしたら父に叱られずに、引っ叩かれずに済むだろうって、その日その日、考えたと言ってました。母はどうだったんだいって訊いたら、知らねえって。母のことはなんにも覚えていないみたいでした。今の旦那さんのお話じゃあ、母はたぶん、郡ちゃんの小さいときに、お里に帰されたんですね。もしかしたら、あっしみたいに気持ち悪がられて。もしもね、郡ちゃんのことを、もうほんのちょっとだけでも、父と母がちゃんといて、気にかけてやったら、父だけでも、母だけでもいいから、誰かがいて気にかけてやったら、郡ちゃんはあんなふうにはならなかったと思うんですよ」

お庫は言いながら、気恥ずかしそうな、決まり悪そうな素ぶりを見せた。

「あっしと郡ちゃんが所帯を持ったとき、気持ち悪がったり、嘲ったり、悪口を言う人が、一杯いるのは知ってました。ですけど、あっしは全然気になりませんでした。あっしが郡ちゃんと所帯を持ったのは、郡ちゃんが甘えてくるもんですから、しょうがないねと思いましたけど、あっしが気にかけてやるしかないじゃないかって、あっしもその気になったんです。だって、あっしがついていてやらないと郡ちゃんは寂しがるんだし、だめになっちゃうんですよ。あっしだって、郡ちゃんの役にたってるんですから、自分が誰かの役にたつっていうのは、人の生きる甲斐(かい)じゃありませんか。旦那さん、そう思いませんか。静江さん、そうじゃありませんかね」

静江は、お庫をいたわるように答えた。

「はい。そのとおりです。わたしもそう思いますよ」

「それから、旦那さん、本途のことを言いますとね。旦那さんが郡ちゃんの樽みたいな太い首を、すっぱりと、一刀の下に落としてくだすったあの日、あっしは空の葛籠を連尺(れんじゃく)で背負って回向院に行き、郡ちゃんの首と亡骸(なきがら)をてんまが運んでくるのを待っていたんです。知り合いの牢屋敷の張番に頼んで、郡ちゃんのお裁きがくだされる日がいつになるか、町奉行所のお役人に確かめてもらい、てんまの頭にも話をつけてもらったんです。郡ちゃんの首を譲ってもらうためです。あの大きな図体までは、ひとりじゃとても運べませんから。張番に、本途は許されねえんだよと、足下を見られてだいぶお足がかかりましたし、てんまの頭にも首代を払って……そうそう、てんまの頭が言ってました。暴れ牛みたいな郡ちゃんを、旦那さんが呪いをささやいたら子猫みたいに大人しくなって、ひと言、あっしの名を呼んで、旦那さんのお裁きを殊勝に受けたって、見事だったって、頭も言ってました。夜更けの回向院の死体捨て場で、郡ちゃんの首を見たら、あっしに安心したみたいに、笑いかけていたんです」

「では、ご存じだったのですか」

龍玄は、お庫から目が離せなかった。

「へえ。それで、旦那さんはあっしの頼みを郡ちゃんに伝えてくだすったんだなって、わかりました。あっしと郡ちゃんは、約束していたんです。郡ちゃんが先にいくときは、ちゃんとさよならを言ってやるよって。ちゃんと弔って、葬式もしてやるよ。だから安心していいんだよって。あっしが先にいくときも、郡ちゃんがそうするって」

お庫は言い、顔を皺だらけにした。

お庫は、もらい受けた郡次郎の首を綺麗な布でくるみ、葛籠に入れて、夜更けの道をひとりで背負って、三崎町まで帰った。子供のように小柄な老いた女がただひとり、身体に余る郡次郎の首を仕舞った葛籠を負い、夜更けの寝静まった町家を、提灯ひとつの明かりを頼りに、ひたひたと歩んで行く光景が、龍玄の目に浮かんだ。誰も怪しまなかったのか。怪しんだとしても、その光景は、この世の物とは思えなかったのかもしれない。三崎町の店に帰ると、郡次郎の首を谷中の清水で綺麗に洗ってやり、白木の箱に納めて、法住寺の持僧に頼んで経を読んでもらった。そして、法住寺の墓所の片隅に、ひっそりと埋葬したのだった。

お庫はのちに、郡次郎の密かな埋葬場所に新しい卒塔婆をたてた。卒塔婆には、

南無公儀直参表火之番衆竹下郡次郎

と住持に頼んで記してもらったが、それは竹下郡次郎のことなど、誰もが忘れてしまったずっとのちのことである。

お庫は龍玄に言った。

「郡ちゃんと交わした約束を守ることができたのは、何もかも、旦那さんのお陰です。本途に、ほんとにありがとうございました。それで旦那さん、これは、郡ちゃんの首代、十両です。先にいった亭主を思う、女房の気持ちです。どうぞ、

これだけは収めてくださいましな」

お庫は十両の白紙のくるみを、前もそうしたように、龍玄の膝の前に差し出した。

龍玄はお庫に頬笑みかけた。そして、

「十両、ありがたく頂戴いたします」

と、手にとった。

昼下がりの日のまだ高いころ、お庫は無縁坂をくだって帰って行った。お庫が帰ってから、百合は庭の桜草の花壇に、お庫の持ってきた紫なずなの花を植え替えた。花壇は薄赤色の桜草が咲くその隣に、淡い紫なずながひっそりと映えた。杏子が百合に寄り添い、お玉もそれを手伝った。

龍玄が花壇のそばへきて、杏子を挟んでかがみ、百合に言った。

「お庫さんの紫なずなか。桜草の中に、さりげない彩（いろどり）が可憐だな」

「ええ、みな野の小さな花だけれど、健気（けなげ）に咲いています。お庫さんは、晴れ晴れとした様子で帰って行かれました。よいお話ができたのですか」

「わたしにはいい話だった。お庫さんもそうだと思う」

「よかったですね。お庫さんのすすり泣かれる声が聞こえてきましたから、気になりました。それなら、よかった」

百合はさりげなく言った。杏子が紫なずなへ手を伸ばした。百合は、ささやきかけた。

「そっと、優しくね、杏子」

杏子が母を真似て、「そっと、そっと」と繰りかえし、「そっと」と龍玄にも言った。

「そうだ、杏子。そっと優しくだね」

龍玄は杏子を見守って言った。

そのとき、ふと、谷中の青い空の下を流れる藍染川の土手道を、ひとりでゆく子供のような小柄なお庫の姿が、龍玄の目に浮かんだ。

参考文献

『三田村鳶魚全集』（中央公論社）
『風俗辞典』坂本太郎監修・森末義彰・日野西資孝編（東京堂）
『時代考証事典』稲垣史生著（新人物往来社）
『日本人はなぜ切腹をするのか』千葉徳爾著（東京堂出版）
『江戸・町づくし稿』岸井良衞著（青蛙房）
『現代日本文学大系34　志賀直哉集』（筑摩書房）
『ベイツ短篇集』八木毅訳（八潮出版社）

この作品は、江戸時代寛政年間の物語です。本文のなかには、現代では差別的とされる表現がありますが、歴史的な観点より、そのまま使用しました。差別の助長を意図したのではないことをご理解ください。

（編集部）

二〇二〇年五月　光文社刊

光文社文庫

傑作時代小説
黙(しじま)　介錯人別所龍玄始末(かいしゃくにんべっしょりゅうげんしまつ)
著者　辻堂(つじどう)　魁(かい)

2023年5月20日　初版1刷発行

発行者　三宅貴久
印刷　新藤慶昌堂
製本　フォーネット社

発行所　株式会社　光文社
〒112-8011　東京都文京区音羽1-16-6
電話（03）5395-8149　編集部
8116　書籍販売部
8125　業務部

ISBN978-4-334-79538-2　Printed in Japan

組版　萩原印刷